À l'encre d'une étincelle

À l'encre d'une étincelle

Recueil de nouvelles et poèmes

Collectif

LES ÉDITIONS SHARON KENA

©2013 Les Éditions Sharon Kena
www.leseditionssharonkena.com
ISBN : 978-2-36540-423-5

Avant-propos et remerciements

Depuis que le rose a supplanté le marron et l'orangé au mois d'octobre, œuvrer pour la lutte contre le cancer du sein, à notre modeste niveau, me semble essentiel.

Cette année, j'ai proposé autour de moi de concocter un recueil qui mettrait en avant la femme, en hommage à toutes ces victimes du cancer qui se battent chaque jour pour survivre.

J'ai été merveilleusement surprise de voir tout ce beau monde se rassembler autour de ce projet et j'en viens donc aux remerciements, qui sont nombreux !

Merci tout d'abord à Cyrielle Walquan pour avoir accepté de publier ce recueil, elle est au top mon éditrice !

Merci à mes amies qui ont été enrôlées à la dernière minute pour le comité de lecture : Lys Bileckot, Pascale Prudhomme et Anne-Lise Bouillon ! Vous avez assuré les filles, merci !

Merci à mes super correcteurs : Pascale Prudhomme et Alexis Bietti.

Merci à mon mari, Alexis Bietti, pour avoir géré la mise en page, la typographie, bref, tout ce qui me sort par les yeux mais qui est nécessaire.

Merci à Virginie Wernert pour avoir mené comme une chef la réalisation de la couverture ! Et pour avoir eu la patience de supporter mes nombreuses demandes de modifications…

Et enfin, merci à tous les auteurs, qu'ils aient été retenus ou non, pour leur mobilisation !

Fleur Hana

Association Étincelle

L'an dernier, j'avais mis sur pied un projet différent de celui-ci et j'avais choisi cette association car son travail me semblait vraiment ancré dans la réalité, les besoins concrets qui découlent de la maladie.

Alors cette année, je me suis dit « Pourquoi changer une équipe qui gagne ? » J'ai contacté Géraldine de Hen, présidente de l'association, avec qui j'avais déjà échangé en 2012. Elle a tout de suite été ravie d'apprendre la création de ce nouveau projet.

Sachez donc, chers lecteurs, que 100 % des bénéfices des ventes de ce recueil, que ce soit la version numérique ou papier, seront reversés à l'association Étincelle et ce jusqu'au 1er octobre 2014 ! Alors merci à vous de l'avoir acquis ! Et merci aux auteurs et à toutes les personnes qui ont travaillé dessus de l'avoir fait en renonçant à être rémunérés !

Voici une rapide présentation de l'association :

"L'association étincelle a été créée en 2005 à Issy les Moulineaux par Josette Rousselet Blanc, journaliste santé et écrivain. Elle apporte gratuitement soutien et réconfort aux femmes touchées par la maladie (pendant et après les traitements), ainsi qu'à leurs proches, à travers la mise en place gratuite d'ateliers individuels et collectifs : soutien psychologique, groupes de parole thématique, sophrologie, conseils esthétiques, massages, ateliers d'écriture, Tai Chi. Étincelle existe en région Île-de-France, à Issy-les-Moulineaux et en Région Languedoc-Roussilon, à Montpellier"

Pour en savoir plus, vous pouvez aller sur le site Internet de l'association :

http://www.etincelle.asso.fr/

Ainsi que sur le site Internet dédié au recueil :

http://recueiloctobrerose.weebly.com/

Sommaire

Au-delà des songes… ~ Gala de Spax 9

Un automne rose ~ Liz Caroline 19

Je passe ma journée au lit ~ Delphine Dumouchel 20

Partie ~ Isabelle Provost 22

L'Aiguille et l'artefact ~Mylène Ormerod 23

Je serai toujours là ~ Aurore Noël 29

Seul ~ Béatrice Ruffié-Lacas 30

La Trentaine ~ Maud Féral 34

Le Jeu des poupées ~ Alexandre Lévine 35

Le Survivant ~ Juliette Chaux-Mazé 60

Pourquoi maman ? ~ Carole Durand 61

Long Night ~ Céline Mancellon 64

Culpabilité ~ Carine Petit 79

Comme j'aime la rosée ~ Molly Cicabele 93

Oniriande ~ Frédéric Livyns 94

Le Lac du cygne fumeur ~ Plilippe Tomatis 98

L'Effeuillage ~ Frédéric Chaussin 99

Au sein du cancer ~ Doriane Still 102

Comment j'ai mordu Ian Somerhalder ~ Rose Darcy 103

Étinc'Elle ~ Paul Andrews. 132

Positif ~ Isabelle Provost 133

Acrostiche sur la femme ~ Shalimare 139

Rituel barbare ~ Estée R 140

Il faut vivre la vie pour pouvoir dire la regretter ~ Émilie Morel 147

Au-delà des songes…

Par Gala de Spax

— Vite, courez princesse, ils ne doivent pas passer.

Je jetai un bref coup d'œil derrière moi pour regarder une dernière fois mon dévoué Morphéüs qui barrait le passage à une horde de Burbles enragés.

Ces vilaines bestioles rêvent depuis toujours de mettre un pied dans le monde réel afin d'assouvir leur soif de vengeance. Mon passage à travers le portail dimensionnel se solde souvent par une attaque de ces petites bébêtes poilues, pas plus hautes qu'un caniche, mais plus féroces qu'un lion. Leurs pattes sont pourvues de trois griffes noires capables de vous éventrer en un rien de temps.

Morphéüs se débattait comme un diable pour les tenir à bonne distance du passage magique dont j'étais la seule à pouvoir activer l'ouverture.

— À bientôt, lançai-je en le regardant tristement à travers la grille qui séparait le passage tant convoité du reste de la forêt.

Il ne répondit pas, bien trop occupé à couper les têtes des créatures immondes avec son épée de cristal. Ma main pénétra dans la sphère brillante, mon bracelet rouge s'illumina puis… tout devint noir.

***

Le cri strident de mon réveil me tira de mes songes. J'eus le courage de l'écraser d'un coup de poing pour le faire taire et me pelotonnai de nouveau contre mon traversin. J'aurais donné n'importe quoi pour encore une minute, une seule minute dans cet univers féérique que m'offrait la nuit. Un château luxueux, un prince charmant au doux nom de Morphéüs, des amis de confiance, un peuple souriant et aimant qui me vénérait comme une déesse. Le rêve… un rêve oui, c'est tout ce que c'était. Mon imagination débordante recréait chaque soir ce petit monde dans lequel j'aurais tant aimé vivre réellement afin d'oublier cette vie sordide qui était la mienne. Le temps passa alors que je rêvassais et la sonnerie de mon téléphone eut plus de succès que mon réveil. Le visage bouffi de mon patron s'afficha à l'écran, accompagné d'une musique qui collait parfaitement au personnage. La marche funèbre de Chopin. Je décrochai, la mort dans l'âme.

— Oui, réussis-je à articuler après m'être éclairci la voix.

— Sonia, tu as vu l'heure ?

— Je suis là dans cinq minutes, mentis-je. Mon réveil est tombé en panne et…

Il soupira de manière exagérée et entama la série de reproches si chers à son cœur.

— C'est tous les jours la même chose. Tu arrives en retard, tu es mal réveillée et donc fatiguée, tu…

— Je suis désolée, j'arrive, le coupai-je en raccrochant au plus vite.

Je ne voulais pas en entendre plus et le simple fait de voir sa tête hideuse sur mon Smartphone me donnait encore plus envie de me cacher sous ma couette. Je préférais encore avoir affaire à une meute de Burbles assoiffée de sang plutôt qu'à Monsieur Dumani, l'être le plus cruel et le plus sadique du monde du fast-food. À la moindre incartade, il vous rappelait à l'ordre et se faisait un plaisir de vous humilier devant les clients et vos collègues. Cette pensée me fit bondir hors du lit.

J'ouvris une boîte de nourriture pour chat et déversai la pâtée visqueuse dans une assiette avant de la poser sur l'évier.

— À table Moumoune ! appelai-je en courant vers la salle de bain.

Rien, pas un bruit, pas même le cliquetis de son grelot. Moumoune avait décidé de me faire la tête elle aussi, car j'étais en retard de trente minutes sur son planning habituel. Ma chatte de trois ans avait un véritable caractère de chien. Je me contentais de la nourrir et de l'héberger en échange de quelques crottes qu'elle me laissait sur le divan avant de partir en vadrouille. J'avais parfois des envies de meurtre en voyant les désastres qu'elle causait dans mon minuscule appartement, mais je me refusais à me comporter aussi lâchement. J'avais pris la décision de l'adopter, je devais donc en subir les conséquences jusqu'à sa mort… ou plutôt jusqu'à la mienne car à l'allure où allaient les choses, elle aurait ma peau bien avant que je n'aie la sienne. Grâce à cette charmante petite boule de poils, mes rideaux ressemblaient à des lambeaux de serpillière, mon canapé sentait les toilettes publiques et ma tapisserie servait de grattoir à griffes. Malgré tout, je l'aimais bien. Elle me tenait compagnie et venait même me réconforter dans mon lit les soirs de déprime (à moins que ce ne soit que par pur intérêt personnel, à savoir une attirance irrépressible pour mon matelas moelleux).

Je m'habillai en quatrième vitesse et avalai un bol de lait froid tout en laçant mes baskets.

— Moumoune, je dois y aller, Dumani va m'étriper sinon. Je te laisse la fenêtre ouverte.

Toujours pas de réponse. Même pas un petit miaulement d'encouragement pour affronter cette terrible journée qui m'attendait. Ingrate !

Je courus comme une dératée jusqu'au restaurant dans lequel je travaillais à l'autre bout de la rue. Une délicieuse odeur de café chaud me chatouilla les narines en poussant les portes vitrées, mais le sentiment de bien-être s'évanouit à l'instant même où mon regard croisa celui de mon manager. Figé devant le comptoir, il tapotait sa montre de l'index avec un agacement visible.

— Je m'excuse, fis-je en passant devant lui la tête basse.

— C'est la dernière fois, Sonia, je ne tolèrerai plus aucune erreur de votre part, sinon c'est le pôle emploi ! s'écria-t-il avec véhémence.

Les clients me jaugèrent de haut en bas, une pointe de moquerie sur leurs visages. Écarlate et honteuse, je m'engouffrai dans la cuisine pour ne pas avoir à affronter les sarcasmes des habitués. Je coiffai mes cheveux en chignon et les cachai sous une affreuse charlotte blanche. Après avoir enfilé ma blouse bleue, je ressemblais plus à un schtroumpf qu'à une cuisinière. Je me postais devant ma friteuse géante lorsque Dumani apparut devant les sacs à cornichons.

— Tu n'es pas en cuisine aujourd'hui, je t'ai mise au service hygiène. Les sanitaires t'attendent, un enfant a eu la gastro ce matin. Il y en a partout.

— Oh, dis-je, écœurée. J'y vais tout de suite.

Les coins de sa bouche frémirent d'une jouissance malsaine. Le simple fait de m'imaginer frotter du vomi à quatre pattes le faisait jubiler d'avance. Je retirai ma charlotte et m'armai d'une double paire de gants en silicone. Mon fidèle chariot de ménage m'attendait dans le placard maudit. Personne n'aimait ce poste mais il fallait bien le faire. « Il n'y a pas de sot métier » me disait ma mère de son vivant, j'espérais toujours que de là-haut elle était fière de moi et de tout ce que je faisais pour survivre depuis son décès. Se débrouiller à dix-huit ans sans aucun diplôme en poche, ni aucune famille à même de vous aider, relève d'une mission impossible dans une grande ville. Monsieur Dumani avait été le seul à me donner ma chance et je ne devais pas la gâcher au risque de perdre mon emploi et mon petit studio que j'aimais tant.

Je pris une grande inspiration et entrai dans la salle des tortures en me bouchant le nez. Le pauvre gamin avait vraiment été salement malade et s'était soulagé sur tous les murs des toilettes.

— Tu peux le faire, m'exhortai-je.

Je fermai les yeux un instant pour trouver le courage nécessaire et entamai ma séance de nettoyage en ravalant mes nausées. Arrivée à la cuvette, j'avais de plus en plus de mal à retenir mes haut-le-cœur et cachai mon nez dans ma blouse afin d'atténuer les odeurs nauséabondes.

Un cri de terreur déchira le silence du restaurant, suivi de bruits de chaises qu'on balance contre les murs. Paniquée, je sortis des sanitaires, mon balai-brosse à la main, et assistai à une scène drôlement absurde. Tous les clients se cachaient derrière des tables renversées qui leur servaient de bouclier, et lançaient des hamburgers ou des gâteaux de l'autre côté de leur rempart. Je faillis me prendre deux ou trois brownies dans la figure avant de me mettre à mon tour à l'abri d'une cloison.

— Qu'est-ce qui se passe ? hurlai-je à Dumani qui se cachait derrière le comptoir.

Il fit une embardée jusqu'à moi pour éviter les projectiles et plaqua sa main contre ma bouche pour me faire taire. Son visage trahissait sa peur et son angoisse. Il ne cessait de secouer la tête, ouvrit la bouche mais n'arriva pas à s'exprimer. Il fixait une table inclinée au fond du restaurant et sursautait à chaque fois que celle-ci bougeait d'un centimètre.

— Taisez-vous, réussit-il à chuchoter en retirant ses doigts boudinés de mon visage.

— Pourquoi ? murmurai-je le plus bas possible.

— Il y a un… un… truc dangereux.

— Un truc ?

— Oui, une sorte de singe.

— Quoi ?

— Il a mordu une cliente puis il s'en est pris à José qui était en cuisine. On dirait qu'il… qu'il arrive à marcher au plafond !

Ce scénario ne m'était pas inconnu, le problème c'est qu'en général il se déroulait durant mes rêves. Un frisson me parcourut l'échine et je dus m'asseoir pour encaisser la nouvelle. Ce n'était pas possible, je vivais un cauchemar. Ces bestioles n'existaient pas réellement, je délirais complètement. Je devais en avoir le cœur net.

— Pouvez-vous me le décrire ? demandai-je à bout de souffle.

— Haut comme un chimpanzé, avec des poils hirsutes orange et des yeux sombres. Il a aussi des dents et des griffes noires. Je n'ai jamais vu ça ! s'affola-t-il.

C'était bien ce que je craignais. Un Burble. Comment était-ce possible ? Ce genre de créature ne vivait que dans mon imagination, pas dans la vie réelle. Je n'arrivais pas à y croire et pourtant…

Le Burble sortit de sa cachette pour récupérer un paquet de frites dont il était apparemment friand et retourna dans son antre pour s'en gaver. Je venais d'avoir la preuve vivante de son existence.

— Mais que fait la police, s'impatienta mon patron en tremblant comme une feuille.

— La police ? m'étonnai-je. Que voulez-vous que la police fasse contre ça ?

— Vous avez raison, il faut agir au plus vite, on ne peut plus attendre les forces de l'ordre. Dans les vestiaires, il y a une arme, se reprit mon patron. Je vais la récupérer et planter une balle dans ce fichu singe avant qu'il ne s'en prenne à un autre client.

— Votre pistolet ne peut rien contre… cette chose, insistai-je.

— Ce n'est qu'une bestiole !

— Non, ce n'est pas qu'une bestiole, c'est un monstre, vous pouvez me croire.

Je n'arrivais pas à réaliser ce que j'étais en train de vivre. Si les Burbles existaient bel et bien et n'étaient pas que des êtres de fiction, cela impliquait que ce que je vivais la nuit se déroulait réellement. Étais-je vraiment une princesse ? Morphéüs n'était donc pas qu'un fantasme diaboliquement séduisant ?

Mon esprit était en proie à un conflit entre le rationnel et l'irrationnel. Je me refusais de croire à ces histoires de prince charmant, mais je ne pouvais ignorer l'existence de ce Burble en face de moi.

Pendant mon interminable moment de doute, Dumani s'était glissé jusqu'au vestiaire pour en ressortir avec un vieux fusil de chasse qui devait dater de la Première Guerre mondiale. Debout, face à la table en teck, il visa le Burble qui venait de sortir la tête de sa tanière sans la moindre crainte. Sûr de lui, l'inconscient tira dans le front à maintes reprises sans succès. Les balles rebondissaient sur la fourrure rousse, n'infligeant au Burble qu'un léger désagrément dû au bruit des détonations. Gênée par ce vacarme, la bestiole grogna d'une manière menaçante, dévoilant son imposante mâchoire mortelle. Désabusé et impuissant, Dumani fit volte-face et se jeta à mes côtés à toute vitesse. Voyant que le monstre s'apprêtait à lui sauter dans le dos, je balançai non loin de lui une rafale de frites afin de détourner son attention. Tout bon Burble qu'il était, stupide et gourmand, il récupéra sa barquette grasse avant de retourner se cacher pour dévorer son contenu tranquillement. Tant que nous avions une provision de frites, nous ne risquions pas une nouvelle attaque. Apparemment, les Burbles préféraient de loin les pommes de terre à la chair fraîche. Je cherchai José des yeux et le trouvai, enfin, tapi derrière un carton de Ketchup.

— José ! Prépare un maximum de frites, je vais avoir besoin de temps, criai-je dans sa direction.

Le pauvre garçon me regardait d'un air terrifié et ne semblait pas vouloir bouger de sa cachette. Le visage ensanglanté, il me fit un signe de dénégation sans appel. J'abandonnai donc l'idée de lui demander de l'aide.

— Il faut que vous alliez en cuisine, Monsieur Dumani, ordonnai-je en lui serrant le bras.

— Pour faire des frites ? Vous pensez que c'est vraiment indispensable ?

— J'avais raison pour l'arme, n'est-ce pas ?

— Oui, avoua-t-il, penaud.

— Alors, faites-moi confiance. Préparez un stock énorme de frites et attendez mon retour. Si votre singe sort de sa cachette, jetez-lui quelques poignées de frites, ça devrait l'occuper un bon moment.

— Où allez-vous ?

— … je vais… aux WC.

— Quoi ? s'époumona-t-il.

Il ne pouvait pas savoir que la seule chose qui pouvait tuer un Burble était une épée de cristal… et je ne connaissais qu'une seule personne en possédant une. Morphéüs !

Sans attendre ma réponse, Dumani rampa jusqu'au bac à cuisson et plongea dans l'huile bouillante tout un paquet de frites surgelées. Accroupie, j'atteignis les sanitaires pour homme et m'enfermai à double tour. Il fallait que je m'endorme afin de résoudre ce problème aux côtés de mon dévoué protecteur. Pas évident de trouver le repos sur un carrelage dur et froid au milieu d'une ambiance aussi hostile. Mais c'était l'unique moyen. Seul mon sommeil pouvait me faire franchir le portail dimensionnel.

***

Mes paupières s'ouvrirent sur un plafond sculpté de toute beauté et un immense lustre en cristal. Mon regard fit un tour circulaire de la pièce lorsque je me rendis compte que j'avais réussi ma mission. Je me trouvais au pays des songes et je devais à tout prix sauver les clients du restaurant. Un visage agréable et familier se pencha sur moi et me sourit.

— Sonia, tu es enfin réveillée !

— Maman ? m'exclamai-je sans en croire mes yeux.

— Je me jetai dans ses bras et la serrai de toutes mes forces pour ne pas qu'elle m'échappe une nouvelle fois. Je touchai ses joues, son nez, son menton pour me rappeler de ces sensations si tendres. Cela faisait si longtemps que je n'avais pas rêvé d'elle.

— Maman, tu m'as tellement manqué.

— Mais qu'est-ce qu'il t'arrive ? Tu as l'air étrange.

— Il faut que tu m'aides. Un Burble est passé de l'autre côté du portail, il va dévorer toutes les personnes du fast-food.

— Fast-food ? répéta-t-elle avec difficulté.

— Oui, le restaurant où je travaille.

Elle tordit la bouche et secoua la tête.

— Tu as encore fait un de ces satanés cauchemars.

— Non, ce n'est pas un cauchemar ! Le Burble est là-bas. Il a dû dévorer Moumoune, c'est pour ça qu'elle ne me répondait pas ce matin, sanglotai-je.

— Moumoune ?

— Oui, ma chatte !

Sceptique, ma mère posa sa main sur mon front et m'obligea à me recoucher.

— Sonia, il n'y a pas de Moumoune, pas de portail et les Burbles vivent tranquillement au fond de la montagne.

De toute évidence, elle ne voulait pas croire à mon histoire. Je devais voir Morphéüs, il était le seul à connaître l'existence du portail magique.

— Où est Morphéüs ? m'enquis-je en me relevant malgré ses protestations.

— Il est parti pour la journée assister aux joutes équestres du royaume.

— Je dois le rejoindre… de toute urgence. Il y a des dizaines de vies en danger, des centaines voire même des milliers. Il me faut l'épée de cristal.

15

— Sonia, recouche-toi. Tu as une forte fièvre, je vais faire venir le médecin.

— Non ! Tu ne comprends pas ce que je dis ! Tout n'est qu'un rêve ici ! Tu es morte depuis trois ans, ce château n'existe pas, rien n'existe ! m'écriai-je folle de rage.

— Très bien, donc si je suis morte et que rien n'est réel, explique-moi pourquoi tu es ici et pourquoi tu veux d'une épée imaginaire à tes yeux ?

— Pour tuer le Burble, je viens de te le dire.

— Donc, pour résumer la situation : tu veux retourner dans un monde avec des « fast-foods » pour sauver des « chattes » du nom de « Moumoune » avec une épée de cristal qui n'existe pas. C'est bien cela ?

Elle ne put réprimer un sourire et me caressa la joue avec amour.

— Sonia, reprit-elle sur un ton doux, depuis la mort de ton père tu es en proie à de terribles troubles. Le médecin m'avait prévenue que tu risquais de divaguer. Tu es encore sous le choc. De toute évidence, tu n'as pas supporté qu'il se fasse attaquer par les Burbles et succombe à ses blessures. Mais tu n'as rien à craindre. Les Burbles ne viendront jamais au palais, ils sont bien trop peureux pour attaquer les gardes.

— Mais…

— Chut, chut, chut, me coupa-t-elle en me tendant un verre. Tiens, bois ta potion, elle te calmera et tu retrouveras ta lucidité après cela.

Un silence pesant s'installa entre nous. Je pris le verre dans ma main, scrutai son contenu verdâtre et réfléchis.

— Maman, tu me promets que je ne rêve pas ?

— Mais bien sûr, ma chérie.

— Tu veux dire que je suis réellement une princesse ? Que je ne travaille pas dans cet enfer avec un patron ignoble sur le dos ?

— Travailler ?

Ses épaules s'animèrent d'un petit rire contenu et discret.

— Et Moumoune alors ? Elle n'existe pas ? l'interrogeai-je.

— Ta soi-disant « chatte » ? Non, il n'y a pas de créature portant ce nom dans la réalité.

— Les chats n'existent pas ?

— Qu'est-ce donc un chat pour toi ?

Je passai le reste de la journée à lui expliquer ce qu'était un chat, un fast-food et un hamburger. Elle paraissait s'amuser de chacune de mes inventions et me répétait que je devrais en écrire une histoire pour les conter les soirs de fêtes. Le médecin, venu m'ausculter, conclut à une nouvelle crise d'angoisse et me prescrivit quelques plantes calmantes qui me firent un bien fou. La réalité était bien plus belle que dans mes cauchemars. Ici, les gens m'aimaient, me vénéraient et me respectaient. Mon armoire débordait de robes toutes plus belles les unes que les autres et rien que ma chambre était cent fois plus grande que le minable studio dont je rêvais.

Je fis une balade autour du parc avec mes amis et retrouvai le plaisir de vivre dans l'abondance et la joie. Tout n'était que rire et divertissement. Je leur racontai mon terrible cauchemar et chacun but mes paroles avec attention ou amusement suivant les situations. Le passage concernant le nettoyage des sanitaires couverts de vomi les fit beaucoup rire. Le soir venu, je rentrai au château pour me préparer au retour de Morphéüs. Il me tardait de lui décrire cette drôle d'aventure. Accoudée au rebord de ma fenêtre, je guettais son retour en coiffant ma longue chevelure brune, comme toute bonne princesse qui se respecte. L'horizon s'obscurcissait quand soudain un petit bruit dans la cour attira mon attention. Un cliquetis que j'aurais reconnu entre mille. Je fus saisie d'appréhension et de doutes. J'enfilai à toute vitesse mon épais manteau noir et dévalai les escaliers quatre à quatre pour voir de mes propres yeux le responsable de ce bruit de grelot. Moumoune se trouvait là, assise devant un chariot de blé, à guetter une pauvre souris grise. Quand elle me vit, ma chatte se jeta sur moi et se frotta sur mes jambes en miaulant. Moumoune était là, Moumoune existait... elle était la preuve que je n'avais pas fait un cauchemar. Depuis des heures maintenant, les clients du fast-food devaient subir les sévices d'un Burble sanguinaire. Moumoune et lui avaient sûrement traversé le portail magique au moment où je passais de l'autre côté.

Je glissai mes mains sur mon crâne hurlant de terreur à cette idée. À genoux et en pleurs, j'entendis enfin les sabots du cheval de Morphéüs frapper la terre sèche de la cour. Il descendit de sa monture et accourut vers moi. Ses grands yeux bleus me scrutèrent avec inquiétude.

— Princesse, que vous arrive-t-il ?

— Il faut retourner là-bas. Un Burble a franchi la frontière magique.

— Comment a-t-il pu ?

— Je ne sais pas, mais il faut faire quelque chose.

Il me prit dans ses bras et m'aida à monter sur son fidèle destrier blanc. Le trajet jusqu'au portail ne fut jamais aussi long. Je comptais chaque seconde comme si elle pouvait être la dernière de l'humanité. Arrivé devant la sphère lumineuse, Morphéüs me serra la main et sortit son épée de cristal de son fourreau.

— Allons-y princesse, je suis prêt.

Mon bracelet se mit à vibrer sous l'intensité des ondes environnantes. Le petit cœur rouge qui le décorait s'illumina et ouvrit le portail en un éclair aveuglant. Moumoune à ma gauche et Morphéüs à ma droite, nous traversâmes ensemble la limite de mes songes. Tout devint noir.

***

L'odeur de friture me réveilla brusquement. Couchée à même le sol sur le carrelage sale du fast-food, je m'agenouillai et secouai Morphéüs jusqu'à ce qu'il ouvre les yeux.

— Où sommes-nous ? bâilla-t-il.

— Nous venons d'arriver dans la réalité.

— Mmm… ça sent vraiment mauvais, fit-il avec un air de dégoût.

— Bienvenue dans mon monde.

Moumoune grattait déjà à la porte pour sortir des toilettes en poussant des feulements de colère. Elle qui n'aimait pas qu'on bouscule ses petites habitudes avait eu sa dose de paranormal pour la vie. Je poussai la porte et activai l'interrupteur pour allumer le restaurant baigné dans la nuit noire. Je m'effondrai à la vue des litres de sang qui recouvraient les murs et le plafond. Le sol n'était qu'un tapis rouge jonché de corps inertes et dépecés. Tous les clients avaient été massacrés, jusqu'au dernier. Hommes, femmes, enfants, le Burble n'avait pas fait de différence et les avait tous tués les uns après les autres. Dehors, des véhicules de police éclairaient la rue de leurs gyrophares bleus, néanmoins le manque d'activité total ne laissait que peu d'espoir de survie. Affalés sur le goudron, des dizaines de corps en uniforme gisaient autour du fast-food. La porte était ouverte… et le Burble en liberté.

Combien de morts ? Dix, cent, mille peut-être…

Par ma faute, par égoïsme et stupidité j'avais sacrifié la vie de toutes ces personnes. J'étais si bien dans ma petite vie confortable et facile que j'avais eu envie d'y croire. J'avais voulu oublier que je n'étais qu'une minable salariée insignifiante qui vivait dans un studio lugubre sans ami ni famille.

Il était tellement plus facile de rêver…

Maintenant, je devais sortir le monde de ce cauchemar.

Un automne rose

Par Liz Caroline

Ophélie se tient devant la glace,
Coquette, le regard plein d'audace ;
Teint de porcelaine, le rose aux joues,
Ongles mauves assortis à ses bijoux.
Blouse légère épousant ses formes,
Riant de n'être pas dans les normes,
Elle admire avec fierté son image.

Rebondi, son ventre se dessine,
Ombre délicate qu'on devine,
Sous les plis de son vêtement en soie ;
Enceinte maintenant depuis cinq mois.

Je passe ma journée au lit

Par Delphine Dumouchel

7h00, je sais qu'il doit être 7h00, vu que j'entends dans le couloir de l'activité. L'heure du petit déjeuner approche. Je fixe le plafond de ma chambre, allongée sur le dos, j'écoute les bruits familiers du matin. Pourquoi faut-il se lever si tôt ? Pour aller au lycée ? Les cours commencent à 8h30, quelle idée de démarrer les cours de si bonne heure, on n'est nullement productif avant 10h30, c'est bien connu ! Les lycéens ont un cerveau qui ressemble à un vieux diesel, il y a un temps de préchauffage. Faudrait écrire une lettre au ministre de l'Éducation, voire au président pour leur expliquer comment nous, ados des temps modernes, on fonctionne. Et puis, si on commençait plus tard, c'est sûr, il y aurait moins de retard, moins de billets roses délivrés par la CPE et du coup l'école serait plus écologique ! Faut que je retienne mon idée, je vais la noter mentalement dans un petit coin de ma tête.

Aujourd'hui c'est décidé, je passe ma journée au lit ! Comme ça pas de retard, pas de billet rose, pas d'arbre mort pour rien ! Ça a du bon d'être écolo ! Bon et puis qu'est-ce que je manque si je passe ma journée allongée sous mes draps ? Les profs qui râlent au moindre chuchotement ? Les copines qui vous font des compliments sur vos vêtements et vous traitent de ringarde à peine le dos tourné ? La bataille de petits pois à la cantine ? Les cours de sport où l'on transpire comme des vaches ? La déception du cœur, quand le beau gosse de vos rêves drague votre meilleure amie ? Non sérieux, je préfère rester là, les yeux braqués au ciel. J'écouterai un peu la télé et attendrai comme une princesse qu'on vienne me servir à manger. Je pourrai aussi penser à plein de choses, comme ma vie future, mon avenir en général... La belle vie quoi !

Des bips retentissent dans la pièce, me sortant de mes pensées. Cinq minutes à peine se sont écoulées depuis le début de cette musique qui m'est familière à présent, quand Angie toque à la porte et entre, elle n'attend pas que je le lui autorise, personne ne me demande jamais l'autorisation avant d'entrer.

— On va changer ta perf et on fera ta toilette après.

Angie n'attend pas ma réponse et s'exécute, de toute façon je ne réponds jamais, j'en suis incapable. Je continue de fixer le plafond, chaque jour je fixe ce ciel artificiel, blanc dans ce monde aseptisé, laissant s'écouler le temps qu'il me reste, rêvant à un jour où j'aurai le choix de ne pas passer ma journée au lit.

Partie

Par Isabelle Provost

L'enfant ne montera plus au cerisier.

La belle dame s'est évaporée.

Elle a laissé sur le chemin,

Ses proches, leur chagrin,

Sa vie, un matin.

Dans ses veines, le temps a cessé de couler.

La tête posée sur l'oreiller,

Elle ne t'entend plus pleurer.

Elle est partie sur la pointe des pieds

Ranger ses souvenirs dans la malle du grenier.

L'Aiguille et l'artefact

Par Mylène Ormerod

Assise sur une roche dure, j'attendais là depuis que j'avais découvert ce lieu. Un champ de fleurs meurtrières aux couleurs de l'or, de magnifiques spécimens qui absorbaient la vie quand on pénétrait sur leur territoire. J'avais déjà vu des hommes et des femmes se faire dévorer pour désirer cueillir ce végétal si unique ; personne n'y résistait jamais.

Je me trouvais à la lisière, là où le dangereux pollen ne pouvait m'atteindre pour m'offrir des illusions contre lesquelles peu de monde arrivait à lutter. Les fins pétales jaunes des fleurs suivaient la courbe du vent et scintillaient sous la lumière du soleil. Ce ciel magnifique, rempli de nuages lourds aux aspects menaçants, donnait une dimension encore plus énigmatique. Il n'y avait pas plus belle beauté dans ce monde et tous ceux qui voyaient ce champ désiraient y pénétrer. Il était difficile de résister et pourtant j'étais la seule à y parvenir.

J'avais déjà essayé de sauver des gens en les voyant approcher pour leur intimer de reculer, seulement ils ne paraissaient jamais me voir. Tous, trop accaparés par le magnétisme des fleurs sanglantes, se jetaient tête baissée vers une mort certaine. Leur vie était alors aspirée, leur sang englouti par la terre et leurs os absorbés par les racines.

Je ne sais pas pourquoi j'attendais ici, avec ces fleurs si belles et dangereuses. Il y avait au centre du champ un arbre noir, il semblait inanimé car jamais il n'avait fleuri. Tortueux, grand, il se dégageait de lui quelque chose d'inexplicable ; alors que j'aurais dû être terrifiée, j'étais envoûtée. Et j'avais beau faire tout ce que je voulais, c'était lui qui m'attirait le plus. Mon œil rivé sur lui, je le surveillais toujours, perplexe, l'observais comme s'il pouvait être vivant. Parfois, il me donnait l'impression de diriger les fleurs, d'être le commanditaire de ces pertes.

Toute personne sensée aurait fui ce lieu en voyant les gens disparaître de cette horrible façon. Mais moi, je revenais chaque jour pour observer ce paysage qui ne changeait jamais, seul le ciel avait des nuages différents.

Ce champ de fleurs dorées et cet arbre étaient un tout qui me fascinait, mais je n'étais pas folle comme les autres à vouloir y pénétrer. Tandis que je me trouvais toujours sur ce même rocher inconfortable, parfois la solitude m'oppressait, cependant il m'était impossible de m'éloigner. Je m'étais exclue seule du monde pour me retrancher en ce lieu. J'attendais quelque chose que j'étais incapable de comprendre.

Peut-être y avait-il un rapport avec mon regard qui était de la même couleur que ces fleurs. Jaunes comme l'or, les gens étaient toujours fascinés par mes yeux qui, comme ce champ, semblaient les envoûter. Inconsciemment, je devais sûrement fuir la population, l'isolement était mon repère, c'était devenu la seule chose que je connaissais vraiment.

Alors que le ciel déclinait, je commençais à m'endormir. Aujourd'hui était un jour sans, la solitude me pesait et j'avais le sentiment que mon cœur était aussi lourd qu'une enclume.

J'aimais beaucoup rester jusqu'à ce que le soleil se couche. C'est à ce moment qu'une chose fabuleuse se produisit. Le vent commença à souffler comme si lui aussi faisait partie de ce champ, puis le pollen s'éleva telle de la poussière d'or dans une spirale magnifique. Le tout scintilla et j'eus envie de lever les bras, puis de danser au centre de toute cette beauté. Comme toujours cela me démangeait le corps de faire partie de ce décor, j'y venais tellement souvent que ç'en était presque normal pour moi de penser ainsi.

J'observais avec envie l'arbre noir tortueux et effrayant avec le vent ; il ne manquait plus que ma présence. J'aurais voulu être aussi libre que l'air pour pouvoir danser au milieu de ces végétaux et toucher leurs fabuleux pétales. Ils devaient être si doux.

De voir que j'en étais incapable me fit soupirer de frustration et je resserrai mes bras autour de mes jambes.

— Si seulement… murmurai-je en baissant les yeux pour ne plus être tentée de me lever et d'aller au milieu des fleurs.

Il fallait vraiment que je me ressaisisse.

Pourquoi venais-je ici ? Pour être frustrée, sûrement que mes yeux luisaient de haine. Si seulement ma vie était différente ! Allais-je venir ici jusqu'à mourir de vieillesse ? À quoi rimait mon attente ? À rien et en plus, j'avais des rêves impossibles.

— Tu devrais suivre tes rêves ! me coupa une voix puissante.

Je relevai la tête et restai stupéfaite. Un homme se trouvait près du tronc d'arbre mort, au centre de toutes ces fleurs, et il était en vie, en vie !

24

Il se mit à avancer vers moi, le regard ténébreux, le corps imposant. Je pouvais voir son visage avec plus de précision : il était magnifique. Ses lèvres semblaient si douces, tandis que ses yeux étaient au contraire terrifiants. Je compris qu'il n'était pas comme les hommes de mon village. J'étais face à un combattant au corps musclé.

À quelques pas de moi, il s'arrêta, m'observa lui aussi. Il tenait dans ses mains un objet étrange que je n'arrivais pas à distinguer.

— Une déesse ! dit-il en me contemplant de ses yeux verts intenses, avant de reprendre son avancée.

— Qu... quoi ?

Abasourdie par sa présence, je me mis à bégayer, incapable d'aligner correctement deux mots.

— Tu es aussi belle qu'une déesse ! reprit-il avec douceur, s'approchant plus près.

Je restai sans voix, il parlait de moi, me faisait un beau compliment et je restai sans voix. Il me sourit, laissant dévoiler des dents blanches ; bon sang qu'il était beau ! Ses magnifiques cheveux châtains accrochaient le pollen avec délicatesse, alors qu'il s'arrêtait juste devant moi à la lisière du champ.

Je me redressai pour lui faire face, agacée de ne pas être plus présentable. J'avais mes vêtements habituels et devant son charme, j'aurais voulu avoir quelque chose de plus précieux sur le dos.

— Je suis venu te chercher, Oraly !

Il me tendit la main pour que je la saisisse.

Il connaissait mon nom, cet homme aussi meurtrier que beau, connaissait mon nom. Je compris alors qu'il était comme ce champ, il fallait que je me méfie de lui car sa beauté pouvait se révéler être un piège.

— Tu connais mon nom !

Je reculai d'un pas, effrayée.

Il baissa la main puis sourit de nouveau.

— Oui...

— Mais...

— Comme je te l'ai dit, je te cherchais, n'aie pas peur !

— Pourquoi ?

Il me montra alors ce qu'il tenait dans son autre main, une sorte de boussole à l'aspect incroyable. Elle semblait si complexe et la flèche me pointait avec une insistance effrayante.

— Cet artefact me montre ce que je désire... et c'est toi !

25

— On ne se connait pas !

Je serrai les poings pour m'intimer de rester calme.

— Je sais !

— Qu'est-ce que tu me veux ? repris-je d'une voix ferme.

— Tu vas me donner quelque chose, je ne sais pas encore quoi… mais en venant avec moi, tu obtiendras aussi ce que tu attends ici chaque jour.

Une nouvelle fois, je fus stupéfaite de voir qu'il connaissait beaucoup de choses sur ma personne, alors que je ne savais rien de lui.

— Je ne sais même pas ce que j'attends ! déclarai-je amère.

Il restait à la lisière comme s'il ne pouvait franchir le seuil.

— Je sais…

Il semblait déçu que je ne m'approche pas de lui.

Je remarquai enfin que les fleurs dorées normalement meurtrières s'accrochaient autour de ses jambes, elles ne lui faisaient pas mal.

— Que se passera-t-il si je viens ? Tu me tueras ?

Je l'examinai pour essayer d'y déceler le mensonge.

Il secoua la tête puis me transperça de ses yeux verts magnifiques, j'en eus le souffle coupé.

— Je suis à la recherche de quelque chose qui m'échappe… l'artefact m'a montré le chemin et j'ai traversé plusieurs mondes pour te trouver.

— Des mondes ? répétai-je surprise.

— Oui, plus dangereux les uns que les autres, mon corps s'est développé pour résister à toutes sortes de choses, j'ai appris à me battre seul pour traverser ces mondes et atteindre mon but… L'artefact m'a guidé à toi pour que je trouve ce que je recherche depuis des années.

— Je ne comprends toujours pas ! répliquai-je plus doucement.

— Mon cœur était vide, tu es celle qui va combler ce vide qui m'a poussé à venir ici, à présent c'est à ton tour de trouver ce qui te manque et je t'aiderai !

Je regardai ce qu'il tenait dans les mains, l'objet si irréaliste. Je n'avais pas besoin de boussole pour savoir ce que je voulais. En fait j'avais toujours su au fond de mon cœur quel était mon souhait.

— Je sais ce que je veux ! dis-je tout bas.

Il m'observait toujours avec insistance et j'avançai d'un pas vers lui, me rapprochant. Il ne me fallut que quelques secondes pour prendre ma décision. Alors je me collai à lui, il me serra, surpris mais aussi soulagé. J'eus peur que les fleurs me mangent mais tant pis, j'en avais assez de rester au bord de ce champ, sans rêve pour me guider. Peut-être était-ce une illusion où, comme les autres, j'étais incapable de résister. Il était pourtant si réel, avait une odeur apaisante que j'aurais aimé sentir toute ma vie. Sa peau semblait si douce que je ne pouvais vraiment pas m'en éloigner.

— Et qu'est-ce que tu veux ? demanda-t-il en caressant ma belle chevelure, ce geste fut si agréable, que je me laissai aller encore plus contre lui.

— Je veux vivre, c'est ce que j'ai toujours voulu !

— En restant près de la mort ?

Je le contemplais de mes yeux dorés, il énonçait un fait perturbant.

— Oui ! répondis-je sans peur qu'il ne me juge.

— Très bien, il s'approcha de mes lèvres et me frôla la peau. Je te ferai vivre un million d'aventures, tu ne pourras plus jamais te reposer, tu pleureras de joie, de tristesse, ton âme découvrira le monde tel que je le vois !

— J'aurai vraiment tout ça ?

J'étais surprise de sa déclaration, tout cela ressemblait tant à un rêve.

— Oui, et la seule chose que tu auras à faire sera de me suivre !

— Où allons-nous ?

Il me contempla, mettant mon âme à nue.

— Je vais te guider vers l'inconnu, me fais-tu confiance ?

— Pas encore !

Il me sourit amusé.

— Ça viendra !

L'artefact qu'il tenait dans les mains tourna alors pour prendre une autre direction et l'homme me tira vers l'arbre que j'avais tant redouté, que j'avais si souvent observé de loin. Il était à présent différent, je le voyais vivant et je m'ébahis face à de nouvelles fleurs naissantes sur ses branches. Elles grandirent à vue d'œil, s'épanouirent tandis que l'arbre devint de plus en plus chaleureux.

Avait-il attendu comme moi ce moment ? Avais-je fait partie moi aussi de ce champ, tout compte fait ? De ces morts inutiles ?

Le combattant suivait la flèche de sa boussole le regard concentré, il ne parut même pas s'apercevoir que l'arbre avait changé. Il s'accrochait à moi d'une poigne ferme tout comme à sa boussole.

— Tu peux m'appeler Dreelune ! me dévisagea-t-il, se détournant un bref instant de l'objet.

Je le considérai, stupéfaite, il avait un nom vraiment étrange, puis j'observai ce que j'avais toujours connu. Le champ de fleurs dorées que j'avais examiné tant d'années.

Dreelune m'offrait le rêve, la vie et moi que lui donnerais-je en retour ? Je tournai les yeux vers lui. L'inconnu était un mot si puissant, effrayant et pourtant c'était magique. Il me tira au creux de l'immense tronc, qui était devenu en quelques secondes la puissance de la vie, pour emprunter un passage improbable.

— Ma déesse, nous découvrirons et créerons un monde ensemble ! déclara-t-il comme s'il venait enfin de comprendre ce qu'il avait toujours cherché.

— C'est possible ?

— Tout est possible quand on le désire, la volonté est une force qui n'a aucune limite, tout comme le rêve !

L'obscurité devint pesante et je me collai contre lui, il fut mon repère, mon aiguille, mon artefact.

Je compris alors qu'en sa présence je n'aurais jamais peur de rien et me demandai si je serais capable un jour de devenir son aiguille. Serais-je à la hauteur d'une telle tâche ? J'observai loin dans l'obscurité et souris. Peu importait, je verrai bien, mais une chose était sûre : je le suivrai pour vivre, je créerai pour lui, pour que jamais je n'aie à revenir près de ce champ !

Un million d'aventures, oui, j'avais attendu ça toute ma vie, pensai-je, pour la première fois heureuse.

Je serai toujours là

Par Aurore Noël

Mon enfant, mon amour, je t'aime pour toujours.

Quand tu auras froid, pour toi, je serai là.

Quand tu tomberas, je serai toujours là.

Quand tu pleureras, je serai toujours là.

Quand tu t'en iras, je serai toujours là.

Quand tu riras, je serai toujours là,

Quand tu joueras, je serai toujours là.

Quand tu danseras, je serai toujours là.

Quand tu aimeras, je serai toujours là,

Quand tu auras beaucoup entendu, vu et lu,

Pour toi, je serai toujours là.

Et même si un jour de ce monde je ne suis plus,

Pour toi, je serai toujours là.

Seul

Par Béatrice Ruffié-Lacas

Il était resté assis sur une des chaises en métal, prés de la table bistrot, dans le jardin de la maison de campagne. Depuis leur départ, il n'avait pas bougé d'un pouce. La demeure était un peu en dehors du village, entourée de nature, presque coupée du monde, et le jardin en contrebas de la maison s'étendait sur plus de deux kilomètres, dans une pente interminable qui rejoignait la route nationale. L'espace avait été organisé en terrasse, de sorte que seuls les deux premiers paliers étaient utilisés par la famille : le premier comme jardin d'agrément, et le second comme jardin potager. Ils avaient bien évoqué la possibilité de faire construire une piscine un jour sur le troisième, mais l'idée s'était révélée coûteuse, et le projet était en suspens depuis bien des années, faute de fonds nécessaires.

De là où il était assis, il avait une vue imprenable sur la carrière, elle-même surplombée par des forêts de pins centenaires. Le décor était digne d'un film de science-fiction : la bauxite, baignée par le soleil, s'étalait en montagnes de couleurs qui allaient du rouge sang au bordeaux terreux, sur un sol parsemé çà et là d'immenses cratères, dans une atmosphère apocalyptique. Autour de la mine, on devinait à quel point la nature avait été dominante avant l'intervention humaine. Tout autour de l'exploitation, des bois touffus aux branches enchevêtrées rappelaient à l'homme qu'il était sur leur sol et non l'inverse. À perte de vue, on ne distinguait aucune habitation. À peine apercevait-on un des lacets de la route qui longeait le village en contrebas. L'air ambiant était si chaud qu'il en était presque palpable, comme seul il peut l'être dans le Midi de la France, et chaque respiration, brûlante, laissait en bouche un gout âcre et poussiéreux. Mais cela ne l'atteignait pas. Impavide, son regard était fixé droit devant lui, vers un point inaccessible. Il contemplait la nature et ses trésors avec des yeux mornes.

Quelle heure était-il ? Bien que le cadran solaire fût de l'autre côté de la maison, on devinait qu'il devait être pas loin de quatorze heures. Le soleil était à son zénith, et la maison ne projetait presque plus aucune ombre sur les pavés de l'allée. Le ciel au-dessus de lui était d'un bleu sans nuages, semblable à un dessin d'enfant. Le soleil, d'une rondeur parfaite, étalait ses rayons d'un jaune fluorescent sur un bleu si électrique qu'il semblait surréaliste. Il n'avait jamais vu de ciel de la sorte avant de venir en vacances ici. À Lille, le ciel était rarement bleu, le plus souvent il s'agissait d'un blanc laiteux, laineux, où se fondaient des nuages cotonneux, dans une harmonie allant du blanc douteux au gris très clair. Jamais son ciel natal ne revêtait ces couleurs éclatantes, criardes, presque agressives. Il était resté assis là, sans bouger, depuis que les autres étaient partis dans la matinée, peu après le petit-déjeuner. Ils avaient déjeuné tous ensemble, et peu à peu la famille s'était dispersée, pour finir une valise, préparer un en-cas pour le voyage, rassembler quelques fleurs à ramener à la maison... Absorbés par leurs préoccupations personnelles, personne n'avait fait attention à sa présence inerte.

Le village était sur une petite colline, et la demeure était à flanc de montagne, ses fenêtres faisant face à la route. La vieille maison avait été bâtie de lourds murs de pierre, et sa façade au crépi jauni, défraîchi par les intempéries, rappelait son grand âge. Elle appartenait à la mère qui en avait elle-même hérité de sa mère, et ainsi de suite, depuis plusieurs générations. C'était devenu une maison familiale et ce, bien que la famille n'ait eu aucun ancêtre provençal direct : la maison avait appartenu à une vieille cousine, célibataire et sans enfants, dont l'héritage avait été attribué a un neveu lointain, qui se trouvait être un aïeul de la mère. De là, la maison était devenue une maison de campagne, et la famille Lilloise l'avait restaurée d'année en année, pour en faire le lieu confortable qu'elle était aujourd'hui. Même si d'aspect extérieur, elle avait gardé son authenticité, son intérieur avait été totalement rénové, si bien que l'on n'aurait pu dire en y entrant s'il s'agissait d'une maison provençale ou d'une maison Lilloise. C'était devenu une maison Ikéa, comme toutes les autres... Depuis longtemps elle n'était plus habitée que durant quelques semaines en été, et seule une tenace odeur de renfermé rappelait qu'avant d'être une maison de vacances elle avait été un lieu de vie. Cette fois encore, le départ avait sonné le glas, et la maison était retombée dans son silence, abandonnée, comme il l'était lui-même, dans l'attente d'un nouvel été.

Dans le jardin, les cigales avaient entonné leur chanson répétitive et entêtante. Hier encore, à cette heure-là, ils étaient sur le point de s'accorder une sieste, afin de profiter plus tard de la fraîcheur du soir. Après le repas, ils montaient tous, les uns après les autres, ou les uns avec les autres, pour se reposer dans les chambres à l'étage. En journée, les chambres gardaient en permanence les volets fermés, la pénombre permettant de les garder à l'abri des températures caniculaires. Toutes les fenêtres s'ouvraient ensuite en grand vers vingt et une heures, dans les grincements des volets en bois, pour faire entrer l'air nocturne qui permettrait de trouver le sommeil. Lui, il dormait avec Alice, la fille aînée. Petite blonde aux yeux noirs, elle l'avait choisi depuis presque un an. Auparavant, elle était indécise, elle papillonnait beaucoup, sans vraiment s'attacher. Mais depuis un an, il avait été déclaré « l'élu », celui que l'on aime d'un amour vrai et indéfectible, celui qui cajole, console, celui que l'on appelle immédiatement à l'aide quand quelque chose ne va pas… et surtout celui avec lequel elle avait envie de s'endormir le soir. Leur histoire commune n'en était qu'aux prémices, et c'était la première fois cette année qu'il avait été invité à la suivre dans la maison familiale. L'année auparavant, un autre l'avait précédé, mais il n'était pas resté, tout comme d'autres avant lui. Depuis six ans cette maison avait vu défiler une multitude de soupirants, parfois même plusieurs dans la même année, et tous avaient été, d'année en année, évincés d'une main cruelle par la belle. Cette année c'était son tour. Seul sur la terrasse, il avait rejoint la cohorte des prétendants délaissés, malmenés ou oubliés.

Il ne quittait pas la bauxite des yeux. Impassible, il n'avait pas entendu le chant des cigales faiblir, puis s'éteindre, pas plus qu'il ne sentait le souffle sec du mistral qui se levait. Il n'avait pas vu le soleil décliner, et l'ombre de la maison qui avançait sur les pavés. Immobile, il resterait là. Il l'attendrait, ici même, sur cette chaise, tout l'hiver s'il le fallait, et peut-être qu'elle finirait par revenir, qu'elle l'aimerait à nouveau…

Tandis que la voiture filait à vive allure sur l'autoroute, la famille restait silencieuse. Ils roulaient depuis plusieurs heures déjà, et les vignobles méridionaux du paysage avaient peu à peu fait place à d'autres cultures. D'ordinaire à cette heure-là ils se levaient de la sieste, et la fatigue du trajet commençait à se faire sentir. Les enfants somnolaient à l'arrière, et les parents essayaient bon gré mal gré de garder le cap, même si leurs yeux commençaient à cligner dangereusement. On n'allait pas tarder à s'arrêter, sans doute à la prochaine aire, pour se dégourdir les jambes et faire goûter les petits. Le père réprima un bâillement quand soudain un cri d'effroi retentit dans l'habitacle :

— Maman !!!

La mère d'Alice eut un sursaut qui laissait penser qu'elle avait fini par s'assoupir, tandis que son père eut du mal à contenir une embardée meurtrière.

— Mais enfin, Alice, tu es folle !!! Qu'est-ce qui te prend de crier comme ça ? On a failli avoir un accident ! hurla le père à son tour, avant de constater dans le rétroviseur qu'Alice était bouleversée. Ses yeux étaient emplis de larmes, et sa voix tremblait sous les sanglots.

— Mon Dieu Alice, que se passe-t-il ? dit sa mère, désormais totalement réveillée, et passablement inquiète.

— Alphonse!

Sa mère, soulagée, comprit immédiatement, et ne put réprimer un sourire. Elle adressa discrètement un clin d'œil complice à son mari.

— Ah… Quoi Alphonse ?

— Papa, Maman…on a oublié Alphonse !!!

Comme d'habitude se dit-elle…

— Ce n'est pas très grave Alice, nous achèterons un nouveau doudou en rentrant, comme chaque année…

La Trentaine

Maud Feral-Chauveau

Subrepticement, elle ôte ses vêtements,
Avec mille détours, elle fait choir ses atours,
Attisant l'amour depuis le coucher du jour,
Se nourrissant du désir de son bel amant.

Sa jeunesse, amie choyée, s'est éclipsée,
Année après année, au fil des enfants ;
Elle arbore fièrement les alênes du temps,
Témoignage de cette passion couronnée,
Dans l'amour partagé.

Nul besoin de rêvasser ou fantasmer,
Elle jouit pleinement de son bonheur actuel,
Loin des affres et des tourments de jouvencelles,
Joie d'être mère, d'être femme, d'être aimée.

Le Jeu des poupées

Par Alexandre Lévine

Toute la cour fut en émoi quand le roi Conrad, souverain de la Bergovie, tomba brusquement malade. Malgré l'intervention des plus savants médecins, il fut gagné par une paralysie qui le rendit incapable de parler. Il reposait dans son lit comme une souche, une paire d'yeux inexpressifs tournés vers le plafond. Il fallait se pencher sur eux pour y déceler une étincelle de vie. Mais il respirait encore, bien que faiblement, et il réagissait par un faible tressaillement quand on osait pincer sa royale peau.

Cet état végétatif se prolongea plusieurs jours. D'abord perplexes, les médecins furent désespérés à s'en arracher les cheveux et la barbe. Ils essayèrent tout ce qu'ils purent trouver et se mirent même à consulter de vieux grimoires aux pages à moitié pourries, trouvés dans les combles du palais, pour tenter d'y dénicher un remède.

C'est alors que Wilfred, duc de Mersen, rappela à la cour que le roi avait rédigé un testament et que l'on n'était pas obligé d'attendre son dernier soupir pour ouvrir ce précieux document. Il n'était autre qu'un oncle de Conrad, mais il ne pouvait monter sur le trône. Le fait que le roi n'eût aucun héritier mâle n'y changeait rien, car le pouvoir reviendrait à l'une de ses filles.

Wilfred réunit donc les ministres dans la salle d'honneur du palais, en apportant un rouleau scellé. Ce ne fut pas lui qui l'ouvrit, mais le grand prêtre Hunald, un homme vénérable auréolé d'une réputation d'érudition et de droiture, qui était le chapelain de Conrad. Il brisa lui-même le sceau, et dans un silence que même les respirations des ministres ne troublaient pas, car elles étaient suspendues, il fit une lecture rapide du testament.

« Sa Majesté a en effet prévu le cas où Elle serait dans l'incapacité de régner », déclara-t-il.

Des soupirs de soulagement fusèrent, puis un complet silence fut rétabli, dans l'attente de la suite.

« Son souhait est que l'héritière présomptive soit intronisée, reprit-il. Elle restera au pouvoir même si Sa Majesté retrouvait toutes ses facultés.

— Mais la princesse Mathilde est mineure ! fit remarquer Adalard d'Urgel.

— Elle l'est en effet, messire, répondit Hunald en le regardant par-dessus le testament. C'est donc au duc de Mersen d'exercer la régence. »

Tous les regards se tournèrent vers Wilfred. De fait, cet homme robuste, autoritaire et aux cheveux grisonnants, exerçait déjà le pouvoir. De la satisfaction brilla dans ses yeux aux couleurs de ciel voilé.

« Sauf le respect que j'ai pour la princesse, je pense qu'elle ne devrait pas régner, objecta Adalard. C'est un véritable malheur que Sa Majesté ait si tôt perdu ses facultés. Elle aurait dû avoir de longues années de règne devant Elle.

— Et pourquoi ? fit Wilfred en lui donnant un regard placide.

— Parce que la princesse est totalement immature ! Songez qu'elle passe ses journées à confectionner des poupées !

— Des poupées magnifiques, rétorqua Raoul de Landen. À ce niveau, ça devient de l'art.

— La princesse n'y passe pas toutes ses journées, rectifia Hunald. Elle lit beaucoup de livres, en plusieurs langues. Il m'est d'avis, sire Adalard, qu'elle pourrait rivaliser d'érudition avec vous.

— Que dites-vous là ? Me voyez-vous vaincu par une fille de quatorze ans ?

— Elle est l'héritière présomptive, rappela Raoul.

— Sa Majesté aurait dû choisir sa petite sœur, la princesse Clotilde. Sieur Hunald, n'y a-t-il rien dans ce testament qui...

— Non. C'est bien la princesse Mathilde qui a été choisie. »

Hunald posa le testament sur la lourde table en bois de chêne, autour de laquelle les huit hommes s'étaient assis. Un sourire s'était élargi sur le visage de Wilfred. La raison de son contentement fut donnée à haute voix par le chapelain :

« Et c'est au duc de Mersen d'exercer la régence jusqu'à ce que la princesse soit majeure, soit pendant deux années.

— Eh bien, il faut espérer une guérison rapide de Sa Majesté, déclara Adalard en évitant de regarder Wilfred.

— Sire Adalard, il faut vous rendre à la raison, répondit Wilfred d'une voix grave et placide. Mathilde est notre future reine.

— Oui, et nous verrons le palais royal envahi par des poupées. Je sais que Mathilde refusera de se séparer d'elles. Il paraît même qu'elle leur parle.

— Ne contribuez pas à la propagation de fausses rumeurs, intervint Hunald en haussant les sourcils. Je connais Mathilde bien mieux que vous et je suis sûr qu'elle deviendra une excellente reine, malgré son amour des poupées... Il y a bien des hauts dignitaires qui collectionnent des tire-bouchons. »

Quelqu'un gloussa. Adalard rougit et se renfrogna.

« Adélaïde ! cria Mathilde. Je n'ai plus de fil rouge. »

La cameriste se précipita dans la chambre de sa maîtresse et la trouva assise sur son lit, en train de broder une robe miniature dont elle vêtirait sa plus récente poupée. Puisqu'elle avait elle-même appris les travaux d'aiguille, l'occupation féminine par excellence, elle pouvait apprécier à sa pleine mesure le talent de la princesse. Portées par de véritables femmes, ces robes seraient élégantes et somptueuses. Mathilde appréciait particulièrement celles qui étaient amples et tombaient jusqu'au sol en de longs plis. Elle y faisait des broderies si fines qu'elles étaient à peine visibles à l'œil nu.

Personne n'aurait rien trouvé à y redire si la princesse n'avait pas pris l'habitude d'emporter l'une de ses poupées partout où elle se rendait, y compris lors de ses promenades hors du palais. Il n'y avait pas d'être humain auquel elle fût tant attachéattachée. La maladie de son père ne paraissait guère l'avoir affectée. Les courtisans se souvenaient qu'elle avait beaucoup aimé sa mère, mais elle l'avait perdue avant d'avoir connu son dixième printemps.

C'était une très jolie jeune fille, dont la chevelure blonde était le plus souvent attachée en deux tresses nouées derrière la tête. Elle avait un teint de nacre et des yeux d'une pureté aérienne. Son comportement était réservé, comme il seyait à une demoiselle de la noblesse.

Elle tendit à Adélaïde un morceau de fil rouge.

« Il m'en faut comme cela, dit-elle.

— Oui, Altesse. Je pense qu'il m'en reste. »

La cameriste prit le fil mais ne se retira pas, restant debout à regarder sa maîtresse.

« Vous ne voulez pas vous reposer un peu ? demanda-t-elle.

— Me reposer ? Pourquoi ? Je ne suis pas fatiguée, répondit Mathilde.

— Je pense à vos yeux. En passant vos journées à lire et à faire de la broderie, vous risquez de les user trop vite. Vous devriez sortir plus souvent dans le parc.

— Les yeux finissent de toute façon par s'user. Je veux profiter au maximum de mes yeux de jeune fille. »

Mathilde baissa la tête, vers la robe en miniature qui reposait sur ses genoux.

« Dépêche-toi, dit-elle. Je veux finir cela aujourd'hui.

— Bien, Altesse. »

Adélaïde se retira en silence et la princesse se retrouva seule dans cette grande chambre. L'un des murs, face aux deux fenêtres, était entièrement occupé par deux étagères où étaient placées dix-huit poupées. Les plus anciennes étaient rudimentaires, entièrement constituées de tissus. La princesse avait ensuite fait appel à des artisans, qui avaient fabriqué des têtes et des mains en céramique. La plus récente et la plus belle, à laquelle la princesse avait donné le nom de Gisèle, était dotée d'un corps entièrement en faïence, à présent posé sur la plus haute des étagères. C'était celui d'une femme adulte, dont les yeux et les lèvres étaient peints. La tâche de Mathilde se bornait à lui faire de jolies robes, et ce qui était plus difficile, une chevelure, mais elle y parvenait et le résultat était frappant de réalisme.

Quand Adélaïde revint, ce ne fut pas pour apporter du fil rouge à sa maîtresse, mais pour l'informer que Hunald était venu lui rendre visite.

« Qu'est-ce qui l'amène ? s'enquit la princesse.

— Je ne sais pas, répondit Adélaïde. Sûrement quelque chose d'important. »

Elle ajouta à voix basse :

« J'espère qu'il ne s'agit pas de votre père. »

Mathilde posa la robe sur son lit, jeta un regard à Gisèle, puis quitta la chambre. Elle se rendit dans son salon, où elle trouva Hunald debout au milieu de la pièce. Il portait sa tunique blanche de prêtre, nouée par une ceinture argentée.

La princesse s'inclina devant lui comme s'il avait été son propre père.

« Excellence... murmura-t-elle.

— Je vous apporte une nouvelle qui vous concerne, ainsi que le royaume tout entier, commença Hunald. Le conseil a lu le testament de votre père et a décidé de mettre ses dernières volontés à exécution. Puisque vous êtes l'héritière présomptive, vous allez être intronisée. »

Mathilde maintint les yeux baissés et les mains croisées devant sa robe. Ses lèvres eurent un léger tremblement.

« Serait-ce que mon père... dit-elle.

— Non, il est toujours dans le même état. Mais il avait prévu que si un accident devait se produire, vous le remplaceriez sur le trône.

— Il n'y a donc aucun espoir ? Et s'il reprenait conscience ?

— Nous espérons tous que cela se produira, mais le conseil a pris sa décision. Ce sera désormais vous qui régnerez sur la destinée de notre royaume. Toutefois, comme vous êtes encore mineure, le duc de Mersen assurera la régence. Il vous demandera d'apposer votre sceau sur les décrets et d'assister aux audiences solennelles. Vous serez également tenue informée de toutes les affaires de l'État.

— Et je devrai faire cela pendant deux ans ?

— Oui.

— Quel en est l'intérêt, si mon père retrouve sa santé pendant tout ce temps ?

— Un roi peut très bien abdiquer de son vivant en faveur de son héritier. Cela s'est déjà fait et je trouve que c'est une excellente chose.

— Mais mon père est encore si jeune...

— Il faut y voir la volonté des dieux. »

Les sourcils de la princesse se froncèrent.

Hunald s'approcha d'elle pour poser très doucement les mains sur ses épaules.

« Votre père a besoin de vous, lui murmura-t-il avec tendresse. Rendez-vous à son chevet plus souvent.

— Mais s'il ne me voit pas ? S'il ne m'entend pas ?

— Je suis certain que son âme est toujours là, et vous êtes ce qui le rattache à ce monde. Il vous aime plus que tout... même s'il ne le montre guère. Je le connais mieux que quiconque, Mathilde. Sans doute même mieux que vous, puisque je suis son confident.

— Je lui rendrai visite tout à l'heure. »

Hunald s'éloigna de la princesse.

« Votre intronisation aura lieu dans une semaine, annonça-t-il. Cela vous donne le temps de vous y préparer. »

Il échangea encore quelques mots avec Mathilde, puis s'en alla. La princesse ne semblait pas du tout heureuse de sa future accession au titre de reine. Ce fut le visage fermé qu'elle retourna dans sa chambre, et le premier regard qu'elle donna fut pour Gisèle.

« Je vais avoir assez de temps pour préparer tes vêtements, dit-elle d'une voix si faible qu'elle franchit à peine ses lèvres. Je te promets que tu seras splendide. »

Durant les jours qui suivirent, la santé de Conrad n'évolua guère. Les médecins se demandèrent comment il pouvait continuer à vivre ainsi, sans rien boire ni manger – si du moins, il était permis d'appeler cela vivre. Ils essayèrent de lui faire avaler un peu d'eau. Comme leur tentative fut couronnée de succès, ils mirent quelques cuillerées de bouillon de poulet dans sa bouche. Le lendemain, Conrad mouilla sa culotte, ce qui fit presque bondir de joie les personnes prenant soin de lui. À vrai dire, ce n'était pas le seul signe encourageant. La température du roi n'avait pas varié, les battements de son cœur étaient faibles mais réguliers et sa peau conservait sa souplesse. Mais il était toujours aussi amorphe.

Un après-midi, l'un des médecins, qui s'appelait Warnarius, était en train d'examiner les yeux de Conrad quand une ombre s'étendit sur le lit. Il se retourna et vit Mathilde debout devant la fenêtre, les lèvres pincées et le regard mystérieux. Elle serrait sur sa poitrine sa toute nouvelle poupée, Gisèle, portant un costume enfin complet. La princesse lui avait fait une splendide chevelure noire, attachée de manière savante avec de petites épingles.

« Altesse... » murmura Warnarius en se levant puis en s'inclinant devant Mathilde.

Dès le lendemain, il faudrait l'appeler « Majesté ».

« Comment va mon père ? s'enquit la princesse d'une voix atone.

— Il semble y avoir de l'espoir qu'il puisse se rétablir un jour, répondit Warnarius.

— Quand ?

— Cela dépend de la volonté des dieux.

— Pourquoi voudraient-ils l'écarter du trône ?

— Je ne sais pas. »

Mathilde s'avança et s'assit sur la chaise que venait de quitter le médecin, posée contre le lit du roi. Elle se sépara de sa poupée en l'allongeant sur la couverture, à côté de Conrad.

Après un moment d'hésitation, elle prit la main de son père dans la sienne. Elle paraissait tendue.

« Je n'aurais jamais voulu que cela se passe ainsi... murmura-t-elle. Je souhaite que vous soyez vite rétabli, et que je ne sois pas seule sur le trône. »

Un silence d'une pesanteur douloureuse s'installa dans la chambre. Warnarius restait debout, immobile, contemplant le spectacle exceptionnel que lui offraient le roi et son aînée. Leurs doigts étaient entrelacés, ceux de l'homme, épais, rugueux et hâlés, dans ceux de la jeune fille, fins, doux et blancs, qui n'avaient jusqu'alors manipulé que des aiguilles.

Il avait fallu cette étrange maladie pour les rapprocher, mais même ainsi, Warnarius sentait que Mathilde avait de la réticence à tenir compagnie à son père. Et pourtant, ses yeux finirent par rougir et une larme y perla furtivement.

Pour l'intronisation de Mathilde, la journée s'annonçait belle. On était d'ailleurs au printemps. Un vent doux balayait la campagne en soufflant les dernières fleurs de cerisiers, et les bourgeons éclataient en myriades de points verts.

Dès le point du jour, la salle du trône se remplit de seigneurs et de dames, dont certains venaient d'arriver après deux ou trois jours de voyage, occupant toutes les pièces du palais. Comme les fenêtres étaient orientées vers l'est, elles laissaient entrer une averse de rayons qui éclaboussaient les robes et les pourpoints aux couleurs vives. Wilfred se tenait à proximité du trône, l'œil brillant, le front rejeté en arrière et la barbe haute, dans l'attitude d'un lion guettant sa proie. Sa haute et massive silhouette se détachait de cette foule comme le sommet culminant d'une chaîne de montagnes.

Quand les grandes portes s'ouvrirent, les conversations s'arrêtèrent brusquement. Hunald apparut, suivi de deux autres prêtres et de Mathilde, vêtue d'une robe pourpre serrée par une ceinture en or massif incrustée de joyaux. Son visage paraissait être en marbre, et il en possédait la froideur, car elle contenait ses émotions. Elle aurait déjà eu en tous points l'apparence d'une reine si elle n'avait tenu sa poupée préférée dans ses bras. Évidemment, cette dernière attira plus l'attention que la princesse elle-même. Des sourires apparurent sur certains visages. Des commentaires chuchotés parcoururent la salle :

« On ne dirait pas qu'elle a quatorze ans. »

Ou encore :

« Je ne croyais pas que c'était vrai. »

Mais Mathilde s'avança vers le trône sans prêter attention à ces murmures. La foule se séparait en deux devant elle, les hommes d'un côté et les femmes de l'autre. Le regard de la princesse se posa sur le trône, en évitant Wilfred, debout contre le mur du fond.

Elle était suivie par quelques dames et demoiselles, parmi lesquelles se trouvaient deux autres filles de Conrad, Clotilde et Richilde. La seconde n'avait pas encore dix ans, si bien qu'elle conservait les traits d'une enfant.

« Altesse, murmura dame Hiltrude. Je pense que vous devriez me confier votre...

— Je sais, répondit Mathilde. Maintenez-la tournée vers la salle, pour qu'elle puisse assister à la cérémonie.

— J'y veillerai.

— Et ne la laissez pas tomber. C'est de la faïence.

— Je ferai attention, Altesse. »

Délestée de sa poupée, Mathilde continua à marcher à petits pas jusqu'au trône, un meuble de chêne reposant sur une estrade de granit. Arrivée devant ce symbole du pouvoir royal, elle se retourna et fit face à la salle, entourée par les prêtres.

Le héraut annonça de sa voix tonitruante :

« Sa Majesté le roi Conrad se trouvant dans l'incapacité de régner, le conseil a décidé de mettre son testament à exécution, en intronisant sa fille aînée, la princesse Mathilde, qu'Elle avait choisie comme héritière présomptive. En attendant qu'elle atteigne sa majorité, la régence sera confiée à Wilfred, duc de Mersen. Il est donc demandé à tous les pairs du royaume, ainsi qu'à tous les membres de la noblesse et du peuple, de reconnaître Mathilde comme reine de Bergovie. »

Malgré ce qu'ils pensaient de cette excentrique princesse, presque toutes les personnes présentes posèrent un genou au sol, en un seul mouvement. Mathilde regarda un court instant ces têtes baissées, puis s'assit sur le trône. Hunald prit le diadème que lui tendait l'un des deux prêtres et le posa sur la tête de la nouvelle reine en prononçant des mots, dans un silence absolu :

« Mathilde fille de Conrad, en tant que grand prêtre de Workal, je vous nomme reine de Bergovie, déclara-t-il. Que votre règne soit victorieux et prospère. »

Ce que portait à présent Mathilde ressemblait beaucoup plus à un bijou qu'à une couronne. Les diamants qui l'ornaient accroissaient sa beauté jusqu'à la rendre irréelle, ce que Hunald ne manqua pas de remarquer.

« Les dieux vous ont donné la vie, non pas seulement pour régner, mais pour être admirée, déclara-t-il à voix basse. Je ne peux que m'incliner devant vous. »

Hunald recula de quelques pas et posa le genou droit au sol, mais son regard se dirigea vers Wilfred, la seule personne qui était restée debout. De même que la reine, il faisait face à la salle.

« Votre allégeance est également requise », lui dit-il sur un ton calme mais ferme.

Le régent regarda la reine comme un insecte à écraser, puis il grommela une réponse qui fut à peine compréhensible :

« Vous n'aviez pas besoin de me le faire remarquer. »

Il s'inclina à son tour devant la reine, pour se relever aussitôt. L'assistance suivit son exemple.

Mathilde regarda brièvement les dignitaires, parmi lesquels figuraient Adalard et Raoul, au premier plan. Son attention se fixa surtout sur sa poupée. On aurait dit qu'elle restait sa seule amie.

« Le moment est venu de prononcer le discours que vous avez préparé », lui dit Hunald.

Elle eut une légère inclination de la tête et déclara :

« Le chapelain de mon père, qui deviendra aussi le mien, vient de prononcer les mots rituels de "victorieux et prospère". Au premier, je préférerais celui de pacifique, même si je sais très bien que la paix repose sur la force des armes. Je continuerai à entretenir ces troupes qui ont fait la puissance de notre pays, mais je m'efforcerai de concentrer mes efforts sur...

— Cela, c'est à moi d'en décider, coupa Wilfred. Vous êtes là pour approuver mes décisions, rien de plus. »

La reine et le régent se regardèrent comme si chacun était stupéfait par l'insolence de l'autre. Wilfred n'avait manifestement pas imaginé que cette jeune fille pût s'exprimer comme si elle avait été seule au pouvoir.

Un brouhaha se leva dans l'assistance.

« Messire, dit Mathilde en s'efforçant de garder son calme, votre intervention est inopportune. La coutume veut que tout souverain fasse un discours lors de son avènement.

— Elle veut aussi que le régent prenne les rênes du pouvoir, répliqua Wilfred. Vous n'avez rien de plus à exprimer que votre contentement de vous asseoir plus vite que prévu sur ce trône. »

Wilfred chercha l'appui de Hunald :

« Me donnez-vous raison, Excellence ? »

Le prêtre regarda Mathilde avec regret, avant de répondre :

« C'est exact... Majesté, vous avez mal choisi le sujet de votre discours.

— Il aurait été préférable d'exprimer votre compassion envers votre père, appuya Wilfred. Vous ne semblez pas beaucoup vous soucier de lui.

— Je connais mieux la compassion que vous, messire le régent, repartit Mathilde sur un ton glacial. Et si ma présence vous dérange tellement, je vous demanderai de quitter cette salle. La présence de la reine lors sa cérémonie d'intronisation est nécessaire. La vôtre ne l'est pas. »

Cette fois, des exclamations fusèrent et le bruit des conversations fut comme celui d'une mer démontée, dont les vagues se disloquaient sur des rochers. De mémoire humaine, aucune cérémonie d'intronisation n'avait été entachée d'un tel incident. Quoique... Les souvenirs des personnes présentes ne remontaient pas plus loin que l'avènement de Conrad.

Wilfred n'en revenait pas de se heurter à un tel écueil. Ce petit bout de femme était beaucoup plus coriace qu'il ne l'avait pensé. Mais en vérité, il ne savait rien de Mathilde, à part son goût pour les poupées. Leurs chemins s'étaient très peu croisés et il ne se rappelait pas avoir eu une seule discussion avec elle. S'il avait souhaité la voir sur le trône, c'était uniquement pour asseoir son pouvoir, en lui demandant d'apposer le sceau royal sur chacun de ses décrets.

Et voilà que ce garnement aux allures de petite fille s'avérait doué d'une volonté propre.

Très rapidement, il réfléchit à ce qu'il devait faire. Il ne pouvait pas s'opposer trop frontalement à elle, puisque malgré sa minorité, elle était la reine. Elle avait eu raison de lui dire que sa présence n'était pas indispensable. Il avait déjà effectué la seule chose que l'on attendait de lui : faire acte d'allégeance en pliant le genou.

Mais il se rappela que *les absents ont toujours tort.*

Tandis que l'émoi des courtisans retombait, il décora son visage d'un sourire.

« Vous parliez à l'instant d'instaurer la paix dans notre royaume, déclara-t-il d'un ton suave. Alors si nous commencions, tous les deux, à faire la paix ?

— Pour cela, vous devez vous excuser de m'avoir coupé la parole, répondit Mathilde. Je n'ai commis aucun crime en prononçant mon discours. Quant à vous, messire le régent, sachez que le crime de lèse-majesté existe, même envers la gamine que je suis. M'insulter, moi, c'est insulter le royaume et ses dieux tutélaires.

— Je vous présente mes excuses, Majesté », déclara Wilfred en s'inclinant.

Il pensa cependant en son for intérieur : « Décidément, cette petite peste sait parler ! »

Il aurait dû prendre garde à l'avertissement de Hunald, qui avait présenté Mathilde comme érudite. Elle avait été éduquée pour être reine, avec cette différence près, par rapport aux héritiers mâles, que l'apprentissage des armes lui avait été épargné.

Il craignait qu'elle voulût reprendre son discours, mais heureusement, l'envie lui en était passée. Elle se leva pour entamer la conversation avec quelques dignitaires. La plupart avaient été aussi surpris que Wilfred par l'autorité dont elle avait fait preuve, et le premier d'entre eux fut Adalard.

« Vous avez l'art de remettre les gens à leur place, la complimenta-t-il. Vous opposer à Wilfred, pour une personne qui a deux têtes et deux générations de moins que lui, c'est assez courageux.

— Pourquoi est-ce courageux ? questionna Mathilde. C'est donc également dangereux ?

— Eh bien... Hum... Vous devinez que Wilfred ne se laissera pas déposséder de son pouvoir sans broncher. Il l'exerçait déjà quand votre père régnait, en étiez-vous consciente ?

— Bien entendu ! Mon père est un homme influençable.

— Donc, si je puis me permettre ce conseil, ne heurtez pas frontalement Wilfred, surtout pas maintenant. Prenez votre mal en patience. Vous n'en avez que pour deux ans. »

De son côté, Wilfred discutait avec sieur Bérenger, tout en donnant de temps en temps à Mathilde des coups d'œil sombres.

« Elle n'est pas vraiment la copie de son père, constata son interlocuteur. Qu'allez-vous faire ?

— Il me faut mieux la connaître, répondit Wilfred en se grattant la barbe. Nous avons tous commis une erreur monumentale en la sous-estimant.

— Nous ne la connaissions pas, et c'était naturel. Elle vivait retranchée dans ses appartements, laissant son père profiter d'un règne qui aurait pu durer encore vingt ou trente ans. Sa maladie a tout changé.

— Je me demande s'il s'agit d'une maladie », murmura Wilfred.

Cette assertion fit frissonner Bérenger.

« Qu'êtes-vous en train d'insinuer ? fit-il. Que le roi aurait été empoisonné ?

— Peut-être bien... Et nous avons ici une donzelle beaucoup moins innocente qu'il n'y paraît.

— Vous n'allez tout de même pas l'accuser d'avoir empoisonné son père !

— Je ne fais que décrire ce que je vois... Cette gamine est dévorée par l'ambition.

— Autant que vous, sire Wilfred ?

— Cela se peut.

— Mais regardez-la ! Elle est en train de reprendre sa poupée. »

Bérenger avait raison. Mathilde se dirigeait vers dame Hiltrude et lui reprit Gisèle. Elle la serra de nouveau contre elle, puis recommença à discuter ainsi avec les courtisans.

Du côté des dames, les commentaires fusaient :

« Quelle curieuse jeune fille ! Elle menace Wilfred de l'expulser de la salle, puis elle serre une poupée contre sa poitrine.

— Il se peut que ce soit justement sa poupée qui lui donne du courage. Son père n'étant plus là, il faut qu'elle trouve une autre protection.

— Vous avez peut-être raison.

— J'espère tout de même qu'elle ne passera pas tout son règne avec une poupée dans les bras.

— Pourquoi pas ? Est-ce si mal ? Il y a bien des hommes qui se baladent à longueur de journée avec une épée à la ceinture.

— Une épée est une arme. Pas une poupée.

— Ne pouvez-vous pas comprendre qu'elle lui donne un sentiment de sécurité ? L'exercice de la royauté est solitaire et terrible. Et elle est encore si jeune... »

Les conversations se poursuivirent de la sorte, les courtisans se regroupant par affinités ou complicités. Mathilde passait d'un groupe à un autre afin de faire connaissance avec les membres de la haute noblesse et leurs épouses, mais elle évita soigneusement de s'approcher de Wilfred. Hunald se tenait en retrait, tout en observant la reine avec un pli sur le front et l'ombre d'un souci dans ses prunelles.

À présent, elle était beaucoup plus détendue qu'à son arrivée. Elle souriait presque et ses joues pâles se teintaient de rose.

« La reine semble très à l'aise, opina Arnoul, l'un des prêtres qui l'accompagnaient.

— Oui... répondit distraitement Hunald.

— Vous vous inquiétez ?

— Naturellement. Elle est déterminée à affronter Wilfred. Elle savait très bien ce qu'elle faisait quand elle a commencé son discours et j'ai la certitude qu'elle n'en restera pas là.

— Pourriez-vous la raisonner ?

— Honnêtement, je n'en sais rien. Elle ne ressemble guère à son père. Elle est assez mystérieuse. Je pense que les seules personnes auxquelles elle se confie sont ses poupées.

— Tant que cela ?

— Oui. Elle nous a surpris aujourd'hui et je suis certain qu'elle nous surprendra encore. Je ne m'étais pas du tout attendu à ce qu'elle montre tellement d'autorité.

— Elle a tout de même été éduquée à cela.

— Non, pas exactement. »

Hunald continua à suivre la reine du regard, et quand il estima que le moment était venu, il la rejoignit pour lui demander de se rendre au temple de Workal, qui se trouvait à l'ouest du palais royal. Ce dieu aux multiples attributions était considéré comme le principal protecteur de la royauté.

La reine s'y rendit avec une suite restreinte, pour assister au sacrifice d'un cheval. Ce rite sanglant n'était effectué qu'à l'occasion d'une intronisation, et il était considéré comme indispensable : il fondait la légitimité religieuse du pouvoir royal. Gisèle eut le privilège d'y participer, mais elle se retrouva entre les bras de dame Hiltrude.

Ce rite effectué, il était à peu près midi. Mathilde fit une petite toilette et rejoignit la cour, pour un banquet qui allait durer jusqu'au milieu de l'après-midi. Il aurait dû avoir lieu dans le palais, mais le temps était si radieux que l'intendant décida de déplacer toutes les tables dehors, où l'on disposait d'un espace illimité pour accueillir l'intégralité de ce beau monde.

Il va sans dire que la reine occupa la place d'honneur. Wilfred aurait normalement dû s'asseoir à côté d'elle, mais à cause d'on ne sait quel prodige, un autre membre de la famille royale se retrouva entre eux. Durant tout le festin, Mathilde ne tourna la tête que de l'autre côté, et par chance, c'était là que se trouvaient Adalard et son épouse Irmina. Celle-ci demanda à voir Gisèle de près. La reine lui passa volontiers sa poupée, mais en lui demandant de la manipuler avec précaution. Irmina tâta la robe et ses magnifiques broderies.

« C'est vous qui l'avez faite, Majesté ? demanda-t-elle.

— Oui, de mes propres mains.

— C'est un travail extraordinaire ! Vous devriez servir d'exemple à toutes les jeunes filles du royaume.

— Peut-être bien... Mais il faut également savoir confectionner de vraies robes.

— Cela me semble être un bon exercice pour débuter. Vous avez toujours fait des habits pour les poupées ?

— J'ai commencé il y a un an, à peu près. Mes premiers travaux étaient assez rudimentaires, mais vous plairait-il de les voir ?

— Ce serait un honneur, Majesté, fit Irmina en rougissant.

— Après le festin, je vous conduirai dans mes appartements. »

Adalard faillit avaler de travers le vin qu'il était en train d'avaler. Il toussa, reposa sa coupe et s'essuya la barbe.

« Qu'est-ce qui nous vaut cette invitation ? demanda-t-il.

— Le souhait de mieux connaître les ministres de mon père. »

Mathilde tint parole. Quand les convives furent avachis sous le poids de la nourriture ingurgitée et tanguèrent à cause des pintes de vins avalées, elle se leva. Les courtisans l'imitèrent, avec une énergie qu'ils puisèrent dans quelque source inconnue, puis ils la regardèrent s'en aller, en entraînant Adalard et Irmina.

Le soleil brillait dans un ciel toujours vierge de nuages, illuminant les feuillages des arbres du parc. Tout en serrant sa poupée contre elle, Mathilde leur donna un dernier coup d'œil avant de disparaître derrière un angle du palais. Elle prit le chemin de ses appartements.

Wilfred s'était alors rapproché de Bérenger et d'un autre allié, pour leur parler à voix basse :

« Ça y est, elle a mis le grappin sur Adalard. Elle va sûrement faire pareil avec d'autres ministres.

— Pas avec moi, répondit Bérenger.

— Mais il va falloir agir rapidement. C'est un coup qu'elle a préparé depuis un bon moment, je vous le dis.

— Vous pensez toujours qu'elle a empoisonné son père ?

— J'en suis persuadé. La paralysie de Conrad ne vous semble-t-elle pas bizarre ?

— Si. Mais cela va être difficile à prouver. Il est surveillé par tant de monde !

« — Dans ce cas, il y a une méthode infaillible à utiliser : cacher une fiole de poison dans la chambre de Mathilde. Si vous ne trouvez pas la vraie preuve, inventez-en une fausse. »

À son retour dans ses appartements, la reine demanda à Adélaïde de remettre sa poupée dans sa chambre. Elle invita ensuite Adalard et Irmina, qui s'étaient arrêtés dans son salon, à s'approcher d'une bibliothèque. Elle en tira précautionneusement un gros livre aux pages épaisses et jaunies, pressées entre deux couvertures en bois.

« C'est mon ouvrage le plus précieux, dit-elle en l'ouvrant. Il est âgé de cinq siècles et comprend toute la poésie de Ramnulf en caractères runiques.

— Oh, vous savez lire le runique ! » s'exclama Adalard.

Son épouse lui donna un coup de coude.

« Évidemment ! le gronda-t-elle. Tu imagines que l'héritière présomptive n'ait pas appris cette écriture ?

— Si, je le sais, mais lire de la poésie ancienne en runique, c'est difficile.

— On apprend cette écriture pour quoi faire, à ton avis ? Pour faire des graffitis sur les murs ? »

Malgré les innombrables coupes de vin qu'il avait avalées, Adalard gardait assez de lucidité pour s'interroger sur les motivations de la reine. Pourquoi lui avait-elle montré ce livre, si ce n'était pour qu'il prît conscience l'étendue de son instruction ? Il se rappelait s'être opposé à son intronisation, parce qu'il la jugeait « totalement immature ».

Cette pensée ajouta de la rougeur à son visage déjà coloré par le vin. Il se gratta la gorge et se pencha un peu plus sur le livre, comme pour déchiffrer les caractères.

« Vous pouvez lire ? demanda Mathilde, qui continuait à tenir le livre entre ses avant-bras.

— Euh... »

La reine n'était-elle pas en train de se venger ? Et qui lui avait rapporté les propos désobligeants qu'il avait tenus lors de la réunion du conseil ? Ne serait-ce pas ce Hunald, avec son habitude de mettre le nez partout ?

Il se mit à lire.

« J'étais à l'est et molestai les géantes, les femmes nuisibles qui allaient par les montagnes.

— Nombreuse serait la race des géants, poursuivit Mathilde. Si tous étaient en vie, nul homme n'habiterait l'Enclos du Milieu. C'est bien. »

Elle referma le livre et le remit dans sa bibliothèque. Elle donna ensuite à Adalard un sourire derrière lequel celui-ci crut lire beaucoup de choses assez désagréables.

« Pourquoi m'avez-vous demandé si je savais lire le runique ? s'enquit-il.

— Pour mieux vous connaître, messire, répondit Mathilde.

— Ce n'est pas une mauvaise idée, Majesté. Il est vrai que nous ne nous sommes encore jamais rencontrés, donc nous savons peu de choses l'un sur l'autre... Mais le grand prêtre Hunald vous aurait-il parlé de moi ?

— Oui.

— Ah ? fit Adalard avec un frisson. Et que vous a-t-il dit ?

— Eh bien... que vous n'étiez pas d'accord pour que je monte sur le trône.

— Excusez-moi, Majesté. Je m'étais lourdement trompé sur vous. J'espère que vous ne m'en tiendrez pas rigueur.

— Pas du tout. Comme vous venez de me le dire, vous ne me connaissiez pas. »

Adalard avait l'impression d'avoir été dégrisé par son frisson glacé. Il regarda un instant la lumineuse jeune fille à la robe pourpre, coiffée d'un diadème en or, qui se tenait devant lui, et se dit que malgré son jeune âge, elle avait en tous points l'allure d'une reine.

Et manifestement, elle savait ce qu'elle voulait. Il était clair qu'elle cherchait à gagner l'appui de quelques ministres pour s'émanciper du régent. Pas plus que Hunald, Adalard n'appréciait cette idée, mais c'était trop tôt pour en parler.

Mathilde continua à présenter ses livres, dont quelques-uns en langue étrangère. Un ouvrage de médecine, rédigé par un certain Fulrad, se retrouva dans les mains d'Adalard.

« Vous connaissez la médecine ? s'étonna-t-il.

— Avoir lu ce livre, cela ne fait pas de moi un médecin, répondit Mathilde. Je n'avais nulle autre motivation que la curiosité quand je l'ai ouvert.

— Mais peut-être ce Fulrad connaît-il des choses qu'ici, on ne sait pas.

— Je ne le pense pas. Ici aussi, nous avons d'excellents médecins.

— C'est bien dommage. Il aurait pu y avoir dans ce livre un remède pour guérir votre père.

— Ne croyez pas que la médecine se pratique en consultant des livres. Si c'était le cas, n'importe quelle personne sachant lire pourrait s'improviser médecin, et alors, je crois qu'il y aurait beaucoup de vies perdues. »

Après cela, Mathilde permit à ses invités de s'asseoir et demanda à Adélaïde d'apporter ses poupées les plus récentes. Irmina examina le travail de la reine avec une plus grande attention que lors du festin, un sourire aérien flottant sur ses lèvres. Peut-être s'imaginait-elle retourner en enfance, mais sa première observation fut celle d'une adulte. Elle déclara en mettant son doigt sur l'une des broderies :

« On dirait une rune.

— Oui, cela y ressemble, confirma Mathilde. Vous êtes la première personne qui le remarque. Il faut dire qu'ici, je suis la seule à connaître les runes.

— Pourquoi en avez-vous mises ?

— Parce que je les trouve belles. »

Irmina se remit à manipuler les poupées avec un plaisir certain.

« J'ai envie de vous poser la question à laquelle tout le monde pense, Majesté, mais je n'ose pas, dit-elle.

— Il n'est pas difficile de la deviner, répondit Mathilde en souriant. Pourquoi je ne peux pas me séparer de mes poupées ?

— C'est cela.

— Que dire ? Cela vous paraîtra bête, mais je les aime.

— Non Majesté, je n'y trouve rien de stupide. Et je ne vois pas non plus ce qu'il y a de mal à cela. »

Elle se tourna vers son mari, qui baissait la tête pour regarder ses ongles.

Deux jours s'écoulèrent. Ils furent tranquilles en apparence, bien que des évènements se préparassent silencieusement dans des recoins obscurs du palais. Wilfred commença à enquêter de manière aussi discrète que possible sur la reine, en pensant qu'il n'avait pas besoin de se presser. Pour le moment, cette petite garce était retournée dans ses appartements et n'avait plus aucun contact avec les dignitaires.

Et pourtant, une nouvelle fit l'effet d'un coup de tonnerre dans le crâne de Wilfred : il apprit qu'une missive portant le sceau de la reine était partie à la frontière orientale du royaume, du côté du Landsmark. Elle ne demandait rien de moins que le rappel d'une partie des troupes qui y étaient stationnées.

Le sang de Wilfred se mit à bouillir si fort qu'il faillit lui jaillir par les yeux.

« Qui a rédigé cette lettre ? fulmina-t-il.

— La reine elle-même. Personne n'était au courant. Elle a demandé à un messager de la prendre, et il est parti au galop. C'est aussi simple que cela. »

Mathilde appliquait donc la politique du fait accompli ! Le régent ne voyait pas comment annuler cet ordre.

Il se dirigea à grands pas sonores vers les appartements de la reine. Devant leur porte, il trouva deux soldats armés jusqu'aux dents, protégés par des cuirasses et des casques, qui lui barrèrent le passage.

« Qu'est-ce que vous foutez ici, vous deux ? s'écria-t-il.

— Nous sommes des gardes de la reine, répondirent-ils.

— Qu'est-ce que c'est que cette histoire ?

— La reine a droit à des gardes, vous ne le saviez pas ?

— Si... Mais laissez-moi passer. Il faut que je lui parle.

— Elle est en train de faire une promenade dans le parc.

— Ah ? »

Wilfred fit un quart de tour en laissant ses yeux braqués sur les deux hommes. Ces deux soldats ne l'impressionnaient nullement. Il avait même plutôt envie de leur arracher leurs lances pour les briser.

« Pourquoi restez-vous plantés ici alors que la reine est dehors ? éructa-t-il.

— Nous protégeons ses appartements. »

Le régent crachat quelques jurons, destinés à faire sentir aux deux hommes quelle valeur ils avaient à ses yeux, puis il s'en alla.

Le temps était aussi beau que le jour de l'intronisation, et la chaleur avait même augmenté. Le parc du palais royal n'était pas aménagé avec un art consommé, mais on pouvait y prendre le frais sous des arbres centenaires, marcher sur des allées gravillonnées et s'asseoir sur des bancs pour contempler le miroitement du soleil sur de petits bassins.

Il fallut un moment à Wilfred pour y trouver la reine. Elle était vêtue d'une robe légère, portait son diadème et était accompagnée d'une douzaine de demoiselles et de dames. Peu soucieux de galanterie, le régent s'approcha d'elles avec une tête d'ogre prêt à croquer de la chair humaine.

« Majesté ! dit-il en oubliant de s'incliner. Je viens d'apprendre que vous avez envoyé une missive à la frontière du Landsmark.

— Oui messire, confirma Mathilde, nullement impressionnée, et même plutôt amusée. J'ai un certain goût pour la correspondance.

— Vous prenez plaisir à vous moquer de moi ?

— Non messire. J'ai seulement effectué ce que je pensais être un devoir.

— En dégarnissant notre frontière !

— Le roi Willigis n'a plus aucune intention hostile à notre égard.

— Qu'en savez-vous ?

— Je dispose d'informations fiables. De plus, ces troupes de soudards n'ont pas d'autre occupation que de commettre des pillages et des viols. Leur présence est une véritable calamité pour la province de Vich. C'est pourquoi j'estimais urgent de les démobiliser.

— Vous êtes en train de commettre une traîtrise envers la Bergovie !

— Faites attention à ce que vous dites ! » riposta Mathilde, dont les prunelles prirent une teinte d'acier.

La colère de Wilfred ne s'atténua pas.

« Et si des hommes du Landsmark franchissent notre frontière, qui en sera responsable ? demanda-t-il.

— Je n'ai pas totalement baissé la garde, répondit Mathilde. J'ai seulement réduit le nombre de soldats.

— Et vous pensez qu'une fille de quatorze ans qui ne connaît strictement rien à la guerre peut prendre une telle décision ? Vous n'avez consulté personne ! Vous avez un comportement irresponsable et une attitude méprisante envers vos propres ministres !

— Je l'ai fait parce que la plupart des ministres sont à vos ordres. Et ils le sont contraints. C'est par la peur que vous régnez. Mais moi, vous ne faites pas peur. »

Wilfred resta un moment estomaqué par l'aplomb de cette frêle jeune fille, qui ne semblait effectivement pas manifester la moindre crainte. Pourtant, une seule gifle du régent pouvait la propulser à dix mètres de là. Son imposante silhouette et son passé de guerrier suffisaient d'ordinaire à imposer le respect.

« Les ministres m'obéissent parce que je suis l'oncle de votre père, répliqua-t-il d'une voix aux accents meurtriers. Le roi Conrad serait stupéfié par votre arrogance. Comment une adolescente qui passe son temps à jouer avec des poupées peut-elle prétendre régner ? »

La main droite de Wilfred commençait à le démanger. En temps de troubles, les disputes se réglaient par la force des armes. Le régent songea que s'il enfonçait son épée dans la poitrine de cette catin, il n'y aurait plus personne pour contester son pouvoir.

Après tout, c'était Mathilde qui avait cherché l'affrontement.

Il ne leva pas la main sur elle, mais empoigna sa poupée, qui se trouvait dans les bras de l'une de ses suivantes, et il la leva comme pour la fracasser au sol.

Son geste fut suspendu par un « Non ! » assourdissant poussé par la reine. Son cri claqua comme un coup de tonnerre. Apparemment, Mathilde tenait plus à sa poupée qu'à sa propre vie.

Wilfred en fut totalement désarçonné. Il ne comprenait pas réellement ce qui s'était produit, mais il sentait qu'il ne fallait pas toucher à Gisèle. Que ce serait un sacrilège qui attirerait sur lui la colère des puissances de l'outre-monde.

Il baissa son bras, regarda cette fragile poupée de faïence, la rendit à la dame de compagnie, puis s'en alla.

Qu'est-ce qui avait pu l'ébranler à ce point ? Il n'en savait rien, mais il se sentait bouleversé. Il traversa le parc en baissant la tête, sans rien voir d'autre que les gravillons sur lesquels il marchait. Des forces inconnues s'étaient mises à l'œuvre dans son propre corps. Elles s'éveillaient dans sa poitrine, encore faibles mais bien présentes.

Il rentra dans le palais, parcourut des couloirs à la manière d'une ombre. Il poussa la porte de ses appartements sous le regard de serviteurs qui s'étonnèrent de son aspect. Dans le brouillard qui s'était levé, il entrevit un fauteuil. Il voulut s'en approcher et s'y asseoir, comme si c'était le seul endroit où échapper à cette main qui s'était mise à le détruire de l'intérieur.

Il n'y parvint jamais. Une douleur atroce fusa dans sa poitrine, au niveau du cœur. Il poussa un cri et s'effondra sur le plancher. Ses serviteurs se précipitèrent à son secours mais furent incapables de le ranimer.

La mort du régent plongea le palais dans un état d'hébétude complète. Nul ne savait que faire, à part préparer le corps de Wilfred pour la veillée funèbre.

Après son altercation, la reine était retournée dans ses appartements et s'y était enfermée, sa porte gardée par quatre soldats qui n'auraient même pas laissé se faufiler un moustique. Personne n'osa l'avertir de la mort du régent, même en sachant qu'elle la prendrait pour une excellente nouvelle, mais finalement, Hunald s'y décida. Il se présenta seul devant les gardes pour leur demander :

« Sa Majesté est-elle au courant de ce qui vient de se produire ?

— Qu'est-ce qui s'est passé ? fit l'un des hommes.

— Le régent est mort. »

Les soldats sursautèrent et s'interrogèrent du regard.

« C'est vrai ? demandèrent-ils.

— Vous me voyez faire une mauvaise plaisanterie au sujet du régent ?

— Comment est-il mort ?

— Subitement... Laissez-moi entrer, pour que je puisse annoncer la nouvelle à Sa Majesté.

— Nous avons reçu ordre de...

— Avez-vous oublié que je suis le grand prêtre de Workal ? »

Les hommes s'inclinèrent et ouvrirent la porte à Hunald. Son intrusion et les plis inquiétants de son visage surprirent les servantes de Mathilde, mais elles se remirent de leur émotion et demandèrent à leur maîtresse d'aller à la rencontre du grand prêtre. Celle-ci avait retiré son diadème mais ne s'était pas changée. Elle quitta précipitamment sa chambre pour retrouver Hunald dans le salon.

« Que se passe-t-il ? demanda-t-elle sans préambule.

— J'ai une sombre nouvelle à vous apporter, dit Hunald sur un ton caverneux.

— C'est au sujet de mon père ? » fit Mathilde en tressaillant.

Le prêtre vit de la peur se profiler dans le regard de la reine.

« Non, répondit-il en se détendant. Je crois même que vous la prendrez plutôt bien, mais elle n'en est pas moins grave. Wilfred est mort.

— Comment ?

— Je sais que vous avez envoyé une lettre à la frontière du Landsmark pour ordonner le retrait d'une partie des troupes. Wilfred est venu vous trouver dans le parc et vous vous êtes querellés. Il est ensuite rentré chez lui, puis il s'est effondré par terre. »

Une forêt d'émotions éclata sur le visage de Mathilde avant qu'elle ne reprît une allure impassible.

« Il me serait difficile de dire que sa disparition me chagrine, reconnut-elle.

— Vous ne me demandez pas quelle est la raison de sa mort ?

— Si. J'allais le faire.

— Eh bien, je n'en sais rien. Il était peut-être plus fragile qu'il en avait l'air. Ou peut-être s'est-il attiré la colère de Workal en vous accusant de traîtrise. Je sais ce que vous vous êtes dit. Il se peut qu'il ait eu des envies de meurtre. Il a manifestement pris votre poupée afin de la briser.

— Lequel de nous deux désapprouvez-vous ?

— Je ne puis vous désapprouver, puisque vous êtes la reine et que vous avez gagné la protection des dieux. »

Les propos de Hunald rassurèrent apparemment Mathilde, mais elle s'efforçait de maintenir son visage fermé.

« Et maintenant, qu'allons-nous faire ? questionna-t-elle.

— Il y a un autre régent. Un homme ayant évidemment moins d'autorité que Wilfred. Le comte Éric, par exemple.

— Qu'est-ce que vous pensiez de Wilfred ?

— La politique n'est pas mon domaine. Mon rôle est de servir l'intermédiaire entre les hommes et les dieux. »

Hunald s'inclina légèrement devant la reine, puis se retira.

La reine revint dans sa chambre, où elle resta jusqu'au soir, sans rien manger, dans une attitude méditative. De temps en temps, elle prenait un de ses livres aux pages noircies d'une écriture illisible, pour se plonger dedans. Elle ne prêtait guère attention à Gisèle, rangée sur son étagère.

La nuit venue, elle ordonna à ses servantes de se mettre au lit. Quand son logement fut silencieux, elle se retira dans sa chambre, alluma des bougies des deux côtés de son lit, prit Gisèle pour la déposer sur son oreiller et s'assit en tailleur devant elle.

Elle se mit alors à marmonner des formules inintelligibles. Les runes brodées sur la robe de Gisèle s'allumèrent comme des flambées d'étoiles. La faïence se métamorphosa, prit l'apparence souple et chaude d'une peau humaine. Les yeux de la poupée se chargèrent de vie, puis Gisèle se mit debout et arrangea les plis de sa robe.

« Pourquoi as-tu tué Wilfred ? demanda aussitôt Mathilde.

— On ne s'attaque pas à moi impunément, répondit la femme en miniature d'une voix qui sonnait faiblement. Il a voulu détruire mon corps. Et avant cela, il t'a accusée de traîtrise. C'est un crime de lèse-majesté.

— Mais tu ne peux pas éliminer deux personnes à la fois ! D'abord mon père, et ensuite le régent. Qu'est-ce que les gens vont en penser ?

— Que crains-tu ? Même Hunald n'y a vu que du feu, et pourtant il est loin d'être idiot.

— Justement... S'il finit par deviner ?

— Il ne devinera rien. Et puis je n'ai pas l'intention de tuer tout le monde. C'était Wilfred que nous visions depuis le début. Ta victoire est à présent complète. Il ne te reste plus qu'à régner sur la Bergovie. »

Gisèle s'assit en face de Mathilde devant son oreiller, également en tailleur.

« Je suis toujours mineure, objecta la reine.

— C'est le cadet de nos soucis. L'essentiel est que Wilfred ne soit plus là. Il y aura un autre régent moins encombrant, puis dans deux ans, tu seras la maîtresse de la Bergovie.

— Alors rendras-tu la vie à mon père ?

— Il recouvrera peu à peu ses moyens, mais pas complètement. Je ne veux pas qu'il retrouve une quelconque autorité. Il restera handicapé. »

En dépit de sa taille de poupée, Gisèle parlait avec beaucoup d'autorité.

« S'il pouvait me seconder... commença Mathilde.

— Ton père est un incapable ! trancha Gisèle. Il est dénué de jugement et n'a fait que suivre les conseils de Wilfred depuis qu'il est monté sur le trône. Nous devons montrer que nous acceptons la paix avec le Landsmark en ouvrant notre frontière au lieu d'y masser des soldats. Willigis continue à nous détester, mais il ne nous agressera plus.

— Tu en es vraiment sûre ?

— Pourquoi doutes-tu de moi ? Aurais-tu oublié qui je suis ?

— Non. »

Mathilde baissa les yeux, penaude.

« Nous nous rendons mutuellement service, lui rappela Gisèle. Je te ferai régner sur un pays prospère et tu me donneras un corps. Pas un misérable corps de poupée comme celui-là, mais un corps de femme... À moins que tu ne fasses de moi un homme. Tu pourrais m'épouser et nous régnerions ensemble. Je pourrais même te donner des héritiers.

— Non. Je te préfère en femme.

— Comme tu veux. Moi aussi, j'aime l'idée qu'il y ait deux femmes à la tête de la Bergovie. Trouve donc des artisans qui me feront un corps grandeur nature.

— On va se poser des questions.

— Tu as beaucoup plus de pouvoirs, maintenant que tu es reine. Cherche des artisans qui œuvreront en secret. Tu n'auras aucun mal à trouver des gens qui te seront fidèles, voire qui accepteront de mourir pour toi. Moi, j'en ai assez d'errer comme un esprit entre les mondes. Cela a duré des dizaines de millénaires... Les hommes ne peuplaient même pas encore la terre quand je hantais ses limbes... »

Gisèle arrêta un moment de parler, comme si elle s'absorbait avec mélancolie dans les souvenirs des éons passés.

« Je te serai éternellement reconnaissante d'avoir trouvé le moyen de me matérialiser, déclara-t-elle d'une voix beaucoup plus douce. Cette idée d'utiliser des poupées était excellente. Tu n'auras donc jamais de meilleure amie que moi.

— Tout ira bien tant que je t'obéirai, n'est-ce pas ?

— Certes, mais je ne suis pas un loup que l'on introduit dans une bergerie. Mes pouvoirs ne dépassent pas les limites de mon corps. Je ne peux pas tuer les gens à distance, ni leur faire quoi que ce soit d'autre. Il faut qu'ils m'aient touchée. Et puis, tu sais que mon corps n'est nullement indestructible. En fait, je serai à peu près comme une humaine, mais avec un savoir beaucoup plus grand. »

Mathilde regarda les autres poupées, autant de réceptacles qu'elle avait fabriqués pour cet esprit errant qu'était Gisèle, en y mettant chaque fois plus de soin. Conrad n'avait posé ses mains qu'une seule fois sur elles, mais cela avait suffi à ce qu'elle exerce ses pouvoirs sur lui.

« Cependant, ajouta-t-elle, j'ai énormément d'estime pour toi. Pour avoir réussi à trouver une mention de moi dans de vieux manuscrits, puis à communiquer avec moi, il faut être douée. »

Gisèle se leva et avança vers Mathilde en souriant. Elle posa sa petite main sur le genou de la reine avant de déclarer :

« Suis mon conseil. Ne pense à rien d'autre qu'à ta victoire.

— Mais si l'on devine que...

— On ne devinera rien du tout ! Bien sûr, on va se poser beaucoup de questions, mais la vérité ne sera jamais connue.

— Et si l'on m'accusait de sorcellerie ?

— On n'accuse pas une reine de sorcellerie. Et même si on le faisait, on ne trouverait aucune preuve contre toi.

— Personne ne verra que Wilfred est mort après t'avoir touchée ?

— Si, tout le monde le sait déjà, mais personne ne comprendra ce qui s'est passé, pas même Hunald. Aucun rapport ne sera jamais établi entre tes poupées et la mort du régent. Arriveras-tu à me croire ?

— Oui.

— De plus, Hunald t'a annoncé la mort de Wilfred en te regardant dans les yeux et il a très bien vu ta surprise. Il sait que tu n'y es pour rien. Il connaît également les craintes que tu as pour ton père. C'est un homme très perspicace. »

Gisèle élargit son sourire avant d'ajouter :

« J'aurai plaisir à le fréquenter, quand je pourrai vraiment m'incarner en ce monde. »

Le visage de Mathilde retrouva un peu de ses couleurs.

« Fais-moi monter sur tes genoux, lui dit Gisèle. J'aime que tu me portes. C'est l'avantage d'être petite. »

La reine prit Gisèle par la taille pour la déposer dans son giron. Elle était à présent devenue tout à fait souriante. Elle se mit à caresser la chevelure de sa poupée, qui s'était transformée en un flot de fils si fins qu'isolément, ils étaient presque invisibles.

« Alors tu me fais confiance ? demanda Gisèle.

— Oui.

— Je ne suis pas une démone. Si c'était le cas, Workal me détruirait.

— Je sais.

— Je jure de servir ton royaume, afin que ton règne soit le plus long et le plus heureux possible. Et le moment venu, je m'en irai, car je ne puis rester éternellement dans ton monde.

— Je te regretterai.

— Quand je me retirerai, tu ne seras plus là, mais cela ne veut pas dire que nous serons séparées. Faire un bout de chemin ensemble dans l'au-delà, ça te dirait ?

— Oui, ça me dirait.

— Alors nous resterons amies. »

Le Survivant

Par Juliette Chaux-Mazé

Y en a des gros, y en a des petits,

Énormes ou riquiqui.

Des qui attirent les regards,

Des qu'on cherche sans espoir.

Elle, elle n'en a qu'un.

Elle a perdu l'autre un matin.

Les robes avec décolleté,

Les maillots de bain d'été,

Elle avait fait une croix dessus.

Jusqu'à ce qu'un jour, dans la rue,

Il la suive du fond du cœur,

Les yeux remplis d'un sain bonheur.

La suite, c'est des morceaux de vie,

Des bonheurs qu'elle croyait enfuis.

Elle n'en a qu'un, « le survivant »,

C'est ce qu'elle dit à ses enfants.

Et elle le porte en étendard,

Porte-bonheur et porte-espoir.

En symbole, elle veut le garder,

Pour savoir à quel sein se vouer.

Pourquoi maman ?

Par Carole Durand

Quentin et Antoine, assis en tailleur face à leur maman, Anna, sur son lit, écoutent avec attention. Tous les soirs, ils aiment l'entendre leur parler de chevaliers en armure, de dragons ou d'un certain Poucet aux bottes de géant. Anna vient d'achever la lecture du Petit Chaperon Rouge, une de ses histoires préférées.

— Fin ! annonce-t-elle dans un claquement de livre qui se referme.

— Oh ! Non, encore une ! S'il te plaît !

Les deux garçonnets la supplient du regard. Elle a envie de céder, comment résister devant leurs visages d'anges ? Demain, il y a école et il serait déraisonnable de prolonger la soirée mais elle a l'impression de passer si peu de temps avec eux, sa vie lui échappe si souvent.

— Demain, il y a école, et puis on a fini le livre, souffle-t-elle sans conviction.

Quentin n'a vraiment pas envie de dormir, alors tel un petit chaperon rouge, il demande :

— Pourquoi tu maigris ?

Anna ouvre de grands yeux ronds, elle a toujours essayé de cacher sa maladie, de protéger ses amours mais ils sont si malins. Elle serre son recueil contre son cœur pour se donner de la force, peut-être le moment est-il venu d'accepter qu'ils grandissent. Une idée lui traverse l'esprit.

— C'est pour courir plus vite, mes enfants !

— Ben alors, pourquoi tu es souvent fatiguée ? enchaîne Antoine, plus jeune d'une année que son frère et pourtant c'est une évidence maintenant : du haut de ses 5 ans, ce n'est plus un bébé.

Il tend son petit bras gracile vers la tête de sa mère. Anna se recule doucement et Antoine repose lentement son coude sur ses genoux.

— Pourquoi tu n'as plus de cheveux ?

Elle sourit pour cacher sa tristesse, porte sa main sur la tête de son fils et lui ébouriffe sa chevelure bouclée.

— C'est pour mieux sentir le vent sur ma tête, mes enfants !

Quentin est futé et il comprend que c'est le bon moment d'enfin avoir des réponses alors il continue :

— Ben alors, pourquoi tu mets un foulard dessus ?

— C'est pour que mon cerveau ne s'enrhume pas, mes enfants !

Les questions sont difficiles et même si Anna répond avec désinvolture, elle sent dans son ventre une grosse boule enfler.

— Pourquoi plein de gens te regardent bizarre, dehors ?

Elle aurait tant voulu qu'ils ne remarquent pas ses regards de pitié qu'on lui jette quand elle se promène avec ses fils.

— C'est pour admirer ma beauté !

Sa voix s'étrangle un instant.

— Ben alors, pourquoi tu cherches à les éviter, les gens, maman ?

Quentin ne semble pas prêt à arrêter son interrogatoire. Antoine se blottit un peu plus contre son frère.

— C'est pour vous consacrer tout mon temps !

Ce temps si précieux qui file entre ses doigts tremblants, l'enfermant de si longs moments dans le cabinet des toilettes.

— Pourquoi tu as l'air toujours triste ?

Elle tente d'être joyeuse en leur présence, de ne rien laisser transparaître mais le masque qu'elle s'est confectionné n'a pas trompé les yeux perçants de ses bambins.

— C'est de vous voir grandir si vite !

Que pourrait-elle répondre d'autre ?

— Ben alors, pourquoi tu continues à nous porter ?

— C'est pour vous sentir près de moi !

— Pourquoi il te manque un sein ?

Anna se fige, elle pensait que le rembourrage faisait illusion.

— C'est pour entendre les battements de votre cœur contre le mien !

— Ben alors, pourquoi tu nous serres pas dans tes bras ?

Cette remarque lui déchire le cœur et des larmes commencent à inonder ses joues creusées.

— Pourquoi tu pleures, maman ?

Les garçons l'observent, ils ne comprennent pas tout, tout ce qui tourmente Anna.

— C'est pour nettoyer mes yeux ! Ce sont des larmes de joie !

Elle se rend compte que ses fils sont vraiment grands aujourd'hui, vraiment beaux, vraiment parfaits et qu'ils sauront être forts dans l'adversité, alors son visage s'illumine.

— Pourquoi tu souris maintenant ?

— Parce que vous êtes toujours là à me poser des questions, mes chers enfants, et je suis toujours là, parmi vous, pour y répondre !

La maman regarde intensément ses jolies petites têtes blondes, très curieuses. Repoussant les limites qu'elle s'était fixées, elle les enlace et ajoute :

— J'ai beaucoup de chance de vous avoir ! Je vous aime, voilà tout !

Long Night

par Céline Mancellon

Scénario court métrage (environ dix minutes)

Lexique : Ext. = extérieur ; Int. = intérieur.
(La mise en page typique des scénariis a été respectée, elle est très différente des romans littéraires)

1. Ext. Jour. Pluie. Portail école privée.

Hannah attend sous la pluie.
Ses cheveux et son uniforme scolaire sont trempés.
Plusieurs élèves courent sous des parapluies. Elle semble indifférente à ce qui l'entoure.
Un homme brun dans la vingtaine vêtu d'un long manteau noir est accroupi derrière elle, sur le mur, et la fixe.
Ses yeux sont entièrement noirs.
Personne ne semble le percevoir.
Une berline luxueuse noire s'arrête et un chauffeur d'une cinquantaine d'années en costume en sort pour ouvrir la portière arrière.

CHAUFFEUR
(gronde gentiment)
Mademoiselle Hannah, vous auriez dû m'attendre à l'intérieur, vous êtes trempée !

HANNAH
(lasse en chuchotant)

Quelle importance ?

Le chauffeur referme la portière une fois la jeune fille à l'intérieur du véhicule. Il rejoint sa place en protégeant sa tête de la pluie grâce à ses mains.

2. Int. Jour. Pluie. Berline luxueuse.

Hannah perdue dans ses pensées regarde au travers de la vitre de la voiture. Elle est assise sur le côté gauche.
À sa droite se trouve encore l'homme au long manteau et aux yeux noirs.
Il se penche vers elle, la renifle doucement, puis recule.
Hannah souffle sur la vitre pour créer de la buée et y écrire " Life " avec son index.

                    HANNAH
          (sans regarder le chauffeur)
            Ils sont à la maison ?

                  CHAUFFEUR
     (jette un œil sur la jeune fille via le
                 rétroviseur)
Non Mademoiselle Hannah, vos parents ne sont pas
         rentrés des États-Unis.

                    HANNAH
       (en esquissant un sourire désabusé)
L'anniversaire de leur fille n'est pas aussi
important qu'un juteux contrat avec une grosse
       compagnie américaine. *Of course.*

3. Int. Soir. Hall d'entrée maison.

Maison très luxueuse mais qui inspire la solitude. Hannah pose son sac. Derrière elle se trouve le chauffeur. Devant elle il y a l'homme au long manteau noir qui se tapote le menton avec son index, il semble songeur.

                    HANNAH
        (pour le chauffeur sans se retourner)
    Je vais dans ma chambre, je suis fatiguée.

                    CHAUFFEUR
    Bien mademoiselle Hannah. Linie vous apporte un
                plateau-repas ?

                    HANNAH
            (en montant les escaliers)
            Oui, s'il vous plaît.

4. Int. Soir. Chambre Hannah

Sa chambre est spacieuse et possède une salle de bain attenante.
Hannah ôte la veste de son uniforme et la jette sur son lit.
Puis c'est au tour de ses baskets qu'elle pousse du pied sous le sommier.

5. Int. Nuit. Salle de bain.

Elle va dans la salle d'eau et se fait couler un bain.
Hannah est face au miroir au-dessus du lavabo et commence à déboutonner sa chemise.
Elle s'arrête, fixe son reflet, plus précisément une marque de naissance étrange sur son thorax.
Elle a la forme d'une étoile, rougeâtre.
Elle l'effleure des doigts, pensive. Avant de terminer de se déshabiller.

L'homme au manteau noir est dans la pièce et voyant cela il se détourne. Il semble gêné.
Il entend des bruits d'eau et se retourne prudemment vers Hannah. Il est soulagé qu'elle soit cachée par la mousse du bain.
Il s'approche doucement, s'accroupit pour ajuster sa tête au niveau de celle de la jeune fille.
Leurs visages ne sont qu'à quelques millimètres l'un de l'autre.
Les yeux de cet homme sont si noirs qu'on pourrait croire qu'il n'a pas d'œil.
Elle ne sait toujours pas qu'il est là.
Hannah s'endort dans le bain, sa tête glisse lentement sous l'eau.
L'homme fronce les sourcils et penche sa tête au-dessus de celle d'Hannah.
Il se redresse. Indécis. Puis paniqué il plonge les bras dans le bain et sort Hannah.
L'homme cherche du regard quelque chose dans la salle de bain.

                    L'HOMME
    (en tendant le bras droit qui soutient la tête
    d'Hannah, paume ouverte, d'une voix non humaine
         comme chuchotée avec de l'écho)
                    Iusta!
            *Traduction : Viens !

La serviette éponge visée se jette dans sa main.
Il part déposer Hannah sur son lit.

6. Int. Nuit. Chambre d'Hannah.

L'homme au manteau noir dépose délicatement Hannah sur son lit et la recouvre de la serviette.

Il est encore indécis. Recule de quelques pas avant de se rapprocher à nouveau de la jeune fille.

Il passe sa main sur le visage d'Hannah, comme pour vérifier qu'elle respire encore. Il est soulagé.

L'homme s'incline vers elle et soulève délicatement le bout de la serviette pour observer la marque en forme d'étoile. Concentré sur sa tâche, il ne remarque pas qu'Hannah est revenue à elle.

Leurs regards se croisent.

Hannah paraît choquée et s'apprête à crier.

                    L'HOMME
      (en touchant rapidement la bouche d'Hannah de sa
            paume et de son étrange voix)
                  Silentium !
            *Traduction : Silence !

Hannah panique, réalise qu'elle ne porte que la serviette, essaye de crier mais elle est aphone.

Elle saute hors du lit cachant sa nudité avec le drap de bain, puis cherche du regard une arme potentielle pour se défendre.

Ils sont séparés par le lit.

                    L'HOMME
                 Timere es me ?
         *Traduction : Tu as peur de moi ?

On peut lire l'incompréhension sur le visage d'Hannah.

L'homme tend sa paume droite vers la jeune fille.

                    L'HOMME
            Intrepidus ! Nunc talk

                       68

*Traduction : Sans peur ! Parle maintenant !

Hannah se calme immédiatement.

L'homme penche la tête sur le côté, en fronçant les sourcils avec une expression de réflexion intense sur le visage comme s'il lisait les pensées d'Hannah.

                    L'HOMME
        (il vient de comprendre une chose importante)
                     Ohoo !

Il passe la paume droite sur ses yeux qui deviennent humains, et ensuite passe sa main sur sa bouche.

                    L'HOMME
            (en avançant d'un pas)
            As-tu encore peur de moi ?

                    HANNAH
                 (agressive)
        Qui êtes-vous ? Comment êtes-vous entré ?

                    L'HOMME
                 Je suis...

Des coups sont frappés à la porte.
L'homme et Hannah tournent la tête vers l'entrée de la chambre d'un mouvement synchrone.
La porte s'ouvre, apparaît une femme de chambre d'une quarantaine d'années en uniforme gris clair.
Elle porte un plateau-repas.

                    LINIE
        Voici votre souper mademoiselle Hannah...

Linie ne semble pas remarquer la présence de
l'homme au long manteau noir.
Le regard d'Hannah va de l'homme à la femme de
chambre deux fois de suite.
Linie se dirige vers le bureau d'Hannah, passe
juste à côté de l'homme et pose le plateau.
Pendant ce temps, l'Homme fixe dans les yeux
Hannah, avec un sourire amusé.

                    L'HOMME
                  (à Hannah)
Ne sois pas surprise... toi seule me vois... et...
                  m'entends.

                    LINIE
                 (en sortant)
    Mangez un peu mademoiselle. Je vous ai mis une
      part de votre gâteau favori. Bonne nuit.

La femme de chambre referme la porte doucement.

                    HANNAH
            J'hallucine. Je deviens folle.

                    L'HOMME
                 (en souriant)
                  Peut-être.

                    HANNAH
     (en resserrant la serviette autour d'elle)
    Vous faites de l'humour là ? Vous êtes quoi au
    juste ?! Un fantôme ou un truc dans le genre ?

                    L'HOMME
         (faisant semblant de réfléchir)
              Un truc dans le genre.

                    HANNAH
                  (agressive)
                 Tournez-vous.

                    L'HOMME
                  (intrigué)
                  Pourquoi ?

                    HANNAH
Avant de mourir de froid et de honte ! Je voudrais
              seulement m'habiller.

                    L'HOMME
                      Oh.

L'homme se détourne d'Hannah qui en profite pour
ouvrir l'armoire derrière elle et se vêtir d'un
jean et un pull.
Pendant ce temps, l'Homme fixe l'intérieur de sa
paume droite, il y a une cicatrice en forme
d'étoile, identique à celle d'Hannah.

                    L'HOMME
          (en chuchotant pour lui-même)
              Cela fait si longtemps...

                    HANNAH
                   C'est bon.

                    L'HOMME
           (en se tournant vers Hannah)
         Est-ce que je te semble familier ?

                    HANNAH
                   Pardon ?

L'homme s'approche lentement d'Hannah.

                    L'HOMME
                    (tendu)
      Est-ce que... As-tu déjà rêvé de moi, par
                   exemple ?

                    HANNAH
                   (choquée)
De... de vous ? Je... je ne connais même pas votre
nom... ou... ou ce que vous êtes. Qui vous êtes !
        Pourquoi rêverais-je de vous ?!

                    L'HOMME
                   (pressant)
   Je suis, dans la langue de l'homme... Elemiah.

                    HANNAH
   Dans la... langue de l'homme ? Vous n'êtes pas
    humain ? Qu'êtes-vous au juste ? Un extra-
                  terrestre ??

                   ELEMIAH
 (en prenant les mains d'Hannah dans les siennes)
 Je ne peux rien te dire de plus. C'est ton libre
     arbitre. Tu dois te souvenir... seule.

Hannah retire ses mains de celles d'Elemiah tout
en le regardant comme s'il avait perdu l'esprit.

                    HANNAH
          (avec un petit rire hystérique)
  En fait vous êtes un fou échappé de l'asile, c'est
                      ça ?

                   ELEMIAH
             (frustré et furieux)
   Non, non... NON !Tu DOIS te souvenir !

Elemiah saisit Hannah par les épaules tout en la collant contre l'armoire qui se trouve derrière elle. Il approche son visage du sien.

                    ELEMIAH
        (yeux dans les yeux avec Hannah)
            Comment faire ? Que faire ?

Elemiah réagit comme s'il vient d'avoir une idée.
Il embrasse Hannah - en la tenant toujours par les épaules - Hannah cherche tout d'abord à se débattre avant d'être happée par un flash, une sorte de réminiscence.

7. Ext. Jour. Prairie (Flash souvenir)

De l'herbe à perte de vue.
Lumière éblouissante.
Des voix qui chuchotent.
La lumière est si intense qu'elle fait plisser les yeux d'Hannah.
Soudain une silhouette blanche et floue s'approche d'elle.

                    SILHOUETTE
    (murmure dans une voix étrange avec de l'écho)
                 Mahasiah...

8. Int. Nuit. Chambre Hannah.

Elemiah détache doucement ses lèvres de celles d'Hannah.
La jeune fille le regarde, les yeux grands ouverts, choquée.
Elemiah sourit tendrement.

                    ELEMIAH
                  (doucement)

Tu te souviens... Tu te souviens.

                    HANNAH
     (en effleurant de son index sa bouche, l'air
ailleurs)
                 C'était quoi ça ?!

                    ELEMIAH
                 (un peu gêné)
J'ai le droit de te toucher mais pas de te parler.
Préserver le libre arbitre. Je peux agir mais je
ne peux pas t'influencer par le pouvoir du verbe.

                    HANNAH
             (surprise puis timide)
Je... je ne parlais pas de... CA ! Mais de... ce
            que j'ai vu...là, à l'instant !

                    ELEMIAH
Une sorte de Résonance Morphique provoquée par...
              notre contact physique.

Elemiah recule jusqu'au lit et s'y assoit.

                    HANNAH
                 Ré... quoi ?

                    ELEMIAH
J'ai en quelque sorte partagé ma mémoire avec toi.
Il faut que tu te souviennes. Là je ne peux rien
faire de plus. Il faut que tu te souviennes avant
                    que...

Soudain la fenêtre de la chambre d'Hannah vole en
éclats.
Hannah crie.
Elemiah se jette sur elle pour la protéger.

Des plumes noires volettent un peu partout dans la chambre.
Elemiah se relève et s'avance vers la fenêtre cassée en marchant sur les débris.
Il décroche une plume noire à un morceau de la vitre et la sent en regardant l'extérieur.

ELEMIAH
(sans regarder Hannah et en fixant encore l'extérieur)
Je vais devoir sortir. Tu es en danger.

Hannah s'approche à son tour de la fenêtre.

HANNAH
Comment ça en danger ? Où vas-tu ?

ELEMIAH
(jette la plume et se tourne vers la jeune fille)
Nous ne sommes pas seuls.

HANNAH
(effrayée)
Qui... qui est-ce ? C'est quoi ces plumes ?!

ELEMIAH
(chuchotant pour lui-même)
Paimon. C'est Paimon.

Elemiah ouvre la fenêtre brisée et s'accroupit sur le rebord.

HANNAH
(en criant et en l'attrapant par ses vêtements afin de le faire rentrer dans la chambre)
Tu es fou ! Tu ne vas pas sauter de là ! Tu veux mourir ?!

ELEMIAH
(en souriant et en enlevant un à un les doigts
crispés d'Hannah sur son manteau)
Je ne risque rien. Je vais devoir te laisser seule
un moment... il faut que tu te souviennes. C'est
important. Je vais t'aider une dernière fois.
Approche ton visage.

HANNAH
(recule instinctivement d'un pas, gênée)

Elemiah rit devant la réaction de la jeune fille.
Il secoue la tête.

ELEMIAH
Je ne vais pas faire cela. Ça ne peut pas
fonctionner deux fois. Approche. Vite.

Hannah s'approche d'Elemiah.
Elemiah se mord le pouce pour en couper la peau.
Avec son sang il dessine une étoile sur le front
de la jeune fille.
Puis leurs regards se nouent l'un à l'autre.

ELEMIAH
Ouvre la bouche.

Hannah obtempère, hésitante.
Elemiah dépose une goutte de son sang.
La jeune femme ferme la bouche et avale le sang
avant de tomber subitement à la renverse.
On ne la voit pas s'écrouler sur le sol
Tout est noir.

ELEMIAH
(on ne le voit pas, on entend juste sa voix off)
Je vais revenir. Souviens-toi… C'est important. Il
faut que tu te rappelles de qui tu es !

8. Int. Nuit. Chambre Hannah.

Hannah est allongée sur le sol, les yeux encore fermés.
Elemiah entre par la fenêtre avec difficulté.
Du sang s'écoule de la commissure de ses lèvres.
Il s'avance péniblement vers Hannah toujours inconsciente sur le parquet.
Elemiah s'écroule à ses côtés.
De sa main ensanglantée, geste hésitant, il repousse une mèche de cheveux qui tombe sur le visage de la jeune fille.
Il grimace de douleur mais son regard est paisible.
Elemiah lève sa main droite, fixe la cicatrice en forme d'étoile, puis regarde à nouveau Hannah.
Il colle sa paume sur le thorax de la jeune fille, là où Hannah a une marque de naissance de forme identique.
Un jet de lumière intense s'échappe de ce contact.

ELEMIAH
(en chuchotant)
Retrouve-moi. Lorsque cela sera l'heure...
retrouve-moi.

La main d'Elemiah tombe sur le sol. Ses yeux se ferment.
Hannah se relève.
On ne la voit que de dos, à ses côtés il ne reste d'Elemiah que son manteau noir.
Elle prend le vêtement dans ses mains et le porte à son visage pour en respirer l'odeur.

HANNAH
(On ne la voit toujours que de dos - voix off)

77

Je me souviens de tout. Je sais qui tu es. Je sais
qui je suis.

9. Ext. Nuit. Ruelle centre-ville.

Une femme au long manteau noir est accroupie sur
un muret.
On l'aperçoit uniquement de dos.
Ses cheveux volettent sous le vent.
Elle fixe une personne. Un homme qui marche dans
la ruelle.

HANNAH/MAHASIAH
(regarde la paume de sa main qui possède une
cicatrice en forme d'étoile - voix off)
Je suis Mahasiah, je gouverne l'orgueil, j'amène
la paix et la compréhension. Je suis liée à la
connaissance du monde. Nous devons naître,
souffrir avec l'homme, nous devons apprendre pour
comprendre. Tu es Elemiah... Tu es le porteur de
la Force de la Lumière. Je t'ai retrouvé. Enfin...

Hannah/Mahasiah tourne son visage, on peut voir
qu'elle possède des yeux noirs sans pupilles ni
iris, ni blanc d'œil.

HANNAH/MAHASIAH
(voix étrange avec de l'écho)
Je suis Mahasiah... Séraphin de Mattatron.

End.

Culpabilité

Par Carine Petit

Ce matin, je me sens particulièrement bien. Cela fait tellement longtemps que l'on n'a pas pris un petit déjeuner ensemble tous les trois, dans une humeur assez bonne qui pourrait prédire une journée enfin normale. Mon mari et moi avons perdu notre fils il y a maintenant six mois et, malgré le fait que nous ne pourrons jamais en faire le deuil, aujourd'hui nous regardons amoureusement notre fille, car elle est notre joyau le plus précieux, et elle nous le rend bien. C'est réellement un bijou. Elle a dû comprendre notre état et elle fait ce qu'il faut pour nous alléger la vie. Elle est petite mais tellement intelligente. Elle a eu sept ans il y a quelques semaines.

Elliot était, et restera, notre fils. Il allait avoir deux ans quand l'accident est survenu. J'étais montée à l'étage avec lui pour ranger du linge propre dans les chambres. Ce matin-là je l'avais trouvé particulièrement excité, et j'avais du mal à le faire tenir en place. Ce que je n'avais pas vu, c'était que la barrière de sécurité en haut des escaliers s'était décrochée, sûrement à force de l'actionner. Que ce soit Étienne ou moi, nous aurions dû la vérifier plus souvent. J'ai supposé qu'Elliot avait dû s'appuyer dessus, ou la pousser, pour qu'elle se déloge de son emplacement et qu'il dévale les escaliers de cette façon. Il n'a même pas crié. Il a eu le coup du lapin et est mort sur le coup. Mon corps en tremble toujours autant quand j'y pense ou que je raconte ce qui s'est passé.

Depuis ce moment, je sens que je ne suis plus la même. En effet je suis profondément coupable de ce qui est arrivé, mais il se passe quelque chose d'étrange en moi. J'ai l'impression qu'Elliott est toujours présent, mais pas dans la maison, pas dans les alentours. En moi. Comme si un bout de son âme s'était infiltré dans mon esprit. Je me rends parfois compte de sa présence la journée, mais surtout la nuit. Il se loge dans mes rêves d'une façon étrange. Je ne le sens pas comme tous les autres personnages. Il se détache nettement, comme s'il existait réellement. C'est assez difficile à expliquer. Et j'en viens même à penser qu'il cherche à me guider. Il apparaît lors de rêves particuliers, que je pourrais qualifier de cauchemars. Je vois un crime, ou une scène particulièrement gênante, effrayante, et il apparaît comme mon ange-gardien, prêt à me sauver, à m'ouvrir la voie. Je pense que je développe comme un don de médium. Cela s'est vu, des personnes qui prédisent l'avenir ou qui voient d'atroces choses déjà arrivées dans leurs rêves. J'ai commencé à en parler à Étienne, mais il a tendance à me regarder en biais, limite à me rire au nez. Peu importe ce qu'il en pense, je reste concentrée sur ce que je vois et j'essaie de noter tout ce dont je me souviens à mon réveil.

Je suis suivie par un psychiatre depuis notre douloureuse perte. Il n'est pas au courant de mes rêves. Je ne me sens pas encore capable de lui en parler. Je crois qu'Étienne a envie de me croire, alors je veux d'abord voir comment cela évolue entre nous deux. J'avoue que j'ai évoqué le fait de parler de ce don qui naissait en moi à la police, car j'ai l'intime conviction que ces rêves ne sont pas là par hasard. Bien entendu Étienne n'est pas du tout d'accord. Alors je vais attendre un peu. Il est mon roc, mon repère actuellement et je ne veux pas le perdre…

Étienne emmène Téa à l'école tous les matins. Elle reste à la cantine le midi et la maman d'une camarade de classe, voisine de notre quartier, me la ramène pour le goûter. J'ai été déclarée inapte à travailler par mon psychiatre. Je reste donc chez moi toute la journée. Par moments j'ai peur de devenir agoraphobe. Alors j'essaie de sortir un peu, mais j'avoue avoir de plus en plus de mal…

Je suis généralement seule la journée. Ma sœur vient parfois me rendre visite, mais n'ayant pas d'enfant, elle fait en sorte de prendre son thé à la maison quand Téa est là. Il m'arrive de m'ennuyer. Alors je m'essaie à la peinture quand l'envie m'en prend. Dernièrement, je suis préoccupée par le subconscient. C'est un domaine extrêmement complexe et passionnant. Quand il fait beau, j'aime prendre soin de notre extérieur : faire des plantations, repeindre les volets… Avant je passais à côté de toutes ces petites choses. Ma vie devait être morne… Aujourd'hui elle n'est pas magnifique mais je prends le temps de m'arrêter et de contempler.

Il va bientôt être l'heure pour ma fille de rentrer. Je vais lui préparer son goûter. J'admire Téa. Elle est très courageuse face au drame qui nous a frappés. Je l'aime encore plus fort qu'avant. La mère de son amie Sarah la dépose au bout de notre chemin. Je la vois très rarement au final. Elle semble toujours pressée, mais semaine après semaine, je m'adapte aux gens et à leur comportement vis-à-vis de moi, et je ne leur en veux pas. Un jour peut-être viendra-t-elle me voir et nos filles en profiteront pour jouer ensemble...

Ma fille s'installe en face de moi et nous prenons le goûter ensemble. Elle se satisfait d'une tartine au chocolat et de jus de canneberge, moi je prends cette fois du jus d'orange. J'ai assez bu de café pour aujourd'hui. Je me sens un peu plus tendue que d'habitude. Mon moment préféré de la journée reste notre discussion mère-fille sur ce qu'elle a fait à l'école. Et elle poursuit notre conversation en me demandant à son tour si tout s'est bien passé pour moi. Alors je lui parle, avec mon plus beau sourire, que je sois triste ou non. Cet instant-là est précieux pour moi, presque un rituel nécessaire pour que je me sente bien.

Les jours défilent comme ça, les nuits aussi, bien qu'elles soient plus éprouvantes. Je les appréhende mais je sais au fond de moi que j'en ai besoin. Je vois mon fils, je communique avec lui, et cela me fait du bien. Mais un fait vient casser notre routine. Aujourd'hui, Téa n'est toujours pas arrivée. Un appel me fait sursauter. Il s'agit de sa maîtresse. Elle me dit que suite à l'événement survenu aujourd'hui, personne n'est en mesure de la ramener chez elle. Je pars donc récupérer ma fille. Quand je passe dans la cour, les parents ont le visage fermé. Une fois devant la classe, Téa me saute au cou. J'en profite pour chercher l'institutrice du regard. Elle discute d'un air grave avec d'autres parents. Je la préviens de mon arrivée, et ils se mettent tous à me fixer d'un air grave. Je me sens de suite coupable, sans même comprendre pourquoi. Vu l'absence de réaction, j'en déduis qu'elle a des choses plus importantes à raconter que de me répondre, alors je prends la main de ma fille et nous rentrons. Dans la voiture, j'ai du mal à faire sortir les mots de ma bouche. Je pense que les regards des gens m'ont affectée. Téa va bien finir par tout m'expliquer...

Elle ne réussit à raconter que quand son père lui pose des questions au dîner. Et là, coup de massue : je comprends pourquoi les gens me regardaient comme ça. Mais j'ai mal, si mal pour les parents de Sarah !!! L'enfant a été déposée à l'école le matin par sa mère, mais, d'après la maîtresse, elle n'a jamais franchi la porte de la classe...

— Annabelle, s'il te plaît, pense à autre chose...

— Cela te va bien à toi de dire ça ! J'ai toujours l'impression que tu es le moins affecté de nous deux par la mort d'Elliot !

J'avoue que j'y vais un peu fort avec Étienne. Mais je n'aime pas sa façon de rester détaché.

— La petite Sarah a dû faire une fugue. Ne vois pas toujours tout en noir...

— Et toi, arrête avec tes idées bêtes ! Être avocat ne te réussit pas toujours ! Tu es trop terre-à-terre ! Pense aux parents complètement paniqués, rappelle-toi dans quel état on était quand cela nous est arrivé !!!

— Oui mais leur fille n'est pas morte ! Enfin, pas encore !

Étienne s'en va de la table, fulminant. Je sens que je l'agace de plus en plus. Mais j'ai l'impression croissante qu'il évite des choses, des sujets... Tout comme j'ai l'impression qu'il essaie de m'éviter, surtout quand la mort entre dans les sujets de conversation. Cela doit être sa façon de faire son deuil, bien que je ne pense pas qu'il puisse le faire un jour, lui non plus.

En pleine nuit, je me réveille en sursaut, trempée de sueur. Je secoue Étienne.

— Je l'ai vue ! Je l'ai vue !

Je reprends difficilement mon souffle. Mais il faut que j'écrive vite le contenu de mon rêve avant qu'il ne s'efface. Étienne doit me prendre pour une hystérique. Après un moment, il réussit enfin à faire sortir les mots de sa bouche.

— Tu parles de qui ? Elliot ? Mais tu le vois toutes les nuits ! Enfin je crois...

— Non non pas Elliot ! Enfin si, encore, mais cette fois il m'a montré la petite Sarah !!!! J'ai vu où elle était !!! Je suis sûre de ce que j'ai vu !!!

— Ok, ok, calme-toi. Tu trembles... Calme-toi et raconte-moi tout.

Ah oui, il veut que je lui raconte tout ! Belle blague, mais bon...

— J'ai vu où elle était. On l'a bien kidnappée ! Oh mon dieu, la pauvre puce...

Je n'arrive pas à étouffer mes sanglots. Je me laisse doucement aller, mais il faut que tout sorte de ma tête.

— Sarah est dans une petite pièce assez propre. Elle est bâillonnée et attachée à une chaise. Je l'ai vue avoir peur de son ravisseur. Elle le regardait d'un air tellement effrayé... Elle pleurait. J'ai vu aussi une petite table à côté d'elle avec de la nourriture et de l'eau. Ses habits n'avaient l'air ni sales ni abîmés.

Voilà que je me remets à trembler. Ce n'est pas possible ! J'ai donc vraiment le don ! Mais il faut absolument que je prévienne les parents ! Il ne faut pas qu'ils restent dans le noir alors que je peux leur apporter des réponses ! Mais, bien entendu, Étienne n'est absolument pas d'accord. Quand va-t-il se mettre à la place des autres, bon sang !!!! Quand ????

Me voilà entrant dans une phase d'hystérie. En pleine nuit, ce n'est pas si courant. Je vois Étienne, la mort dans l'âme, m'administrer un calmant. C'est la seule chose qui arrive à prendre le dessus sur moi. Mais on les utilise avec modération car mon médecin me trouve un peu plus faible qu'avant, et il a peur que cela vienne de ces doses...

Bien malgré moi, j'ai dormi comme un bébé. Le matin, je me réveille beaucoup plus reposée, la tête moins embrouillée, et même si je me souviens très bien de mon rêve, je me résigne à ne pas prévenir les parents. Rien n'est fondé et j'ai trop peur de leur faire plus de mal que de bien. Mieux vaut que j'attende un peu.

Tiens, voilà que je me mets à penser comme Étienne. Bizarre comme sensation.

Une journée est passée, nous voilà samedi. Je me réveille en sursaut d'une sieste que j'ai jugée nécessaire quelques minutes auparavant : il m'a été presque impossible de dormir cette nuit. J'étais prise de spasmes qui engendraient des douleurs dans mes jambes. Cela m'a fait penser à une crise d'angoisse. Il m'est arrivé d'en faire après la disparition d'Elliot. Mes membres se raidissent tellement que l'angoisse n'est plus contrôlable. Dur de le vivre quand on est seule dans la maison et que rien n'est à portée de main.

Je viens à nouveau de rêver de Sarah, mais pour la première fois ce genre de rêve surgit la journée, ce qui me trouble assez. Elle doit chercher à entrer en contact avec moi... Cette fois-ci ce fut plus intense. Je l'ai approchée, elle avait de la peur dans ses yeux. Elle bougeait les lèvres mais je ne comprenais pas ce qu'elle me disait. Alors je lui ai promis de parler à sa mère et que tout allait s'arranger, on allait vite la retrouver. Il fallait juste qu'elle ne perde pas contact avec moi. Je m'empresse de bien reprendre mes esprits, de boire un verre d'eau fraîche et je me rends chez ses parents. Sa mère m'accueille avec des yeux gonflés. Je me suis vue en elle. Je souffre pour elle. Je lui parle alors de mon entrée en contact avec Sarah, de mon don, et je lui demande de rester ouverte et de me croire. Elle fixe mon visage un long moment, comme si elle cherchait une défaillance trahissant mes propos. Puis elle sort de ses gonds, me traite de pauvre folle et se met à me frapper. Je ne m'attendais pas vraiment à ce retour de foudre. Je me sens tellement confuse, tellement mal. Son mari vient la réconforter, s'excuse de sa part et me ferme la porte au nez. Cela fait six jours que leur fille a disparu.

Arrive le samedi suivant. Durant cette semaine, aucune bonne nouvelle n'est venue frapper à notre porte. Je rêve toujours de cette enfant. Je me sens tellement mal qu'il a fallu que je prenne expressément rendez-vous chez mon psychiatre. On a parlé durant une heure, mais je ne me suis pas sentie mieux pour autant. Je ne dis pas que la séance n'a servi à rien, mais mon esprit ne fut pas aussi réconforté, apaisé, même un court instant. Je me sens constamment préoccupée, mal à l'aise. Quelque chose me chiffonne, quelque chose d'important doit être sous mon nez pour que je me sente comme cela quotidiennement.

Et ce matin, Étienne rapporte du centre-ville le pain et le journal. Bien entendu je me rue dessus pour savoir si l'enquête de la disparition de la petite Sarah avance. Mon dieu, ça pourrait être Téa... Je vois en couverture la photo d'un petit garçon. Mon sang ne fait qu'un tour. Le titre parle à lui seul : « Deuxième disparition en un mois ». Et dans le contenu, il est clair que le petit Mathieu a disparu dans les mêmes circonstances que Sarah.

Téa vient nous rejoindre à table pour le déjeuner. J'ai soudain des vertiges, une forte envie de vomir et une douleur dans les hanches. Ce n'est pas une crise d'angoisse. Je n'avais jamais ressenti tous ces maux en même temps. Étienne m'aide à m'allonger sur le canapé. Il a un véritable self-control. Mais il est vrai qu'il doit avoir l'habitude de me voir en mauvais état maintenant. J'ai souvent l'impression d'être un fardeau pour lui. Téa a l'air bien plus inquiet en tout cas. Ma fille se soucie de sa mère, ça me touche. Je l'aime. Soudain son regard se fige sur le journal posé sur la table basse. J'aurais peut-être dû ne pas l'alarmer avec cette nouvelle disparition. Une suffisait amplement pour son âge... Quelle sotte je suis !

— Maman ! Que fait Mathieu dans le journal ? Comment ça « Deuxième disparition en un mois » ? Il a disparu ? Maman, on l'a enlevé lui aussi ??? Maman !!!!!!!

Ma puce pleure maintenant. Mais je reste interdite face à la scène. Elle le connaît !

— Ma chérie, tu le connais ? Il est dans ta classe ? lui demande son père.

— C'est mon amoureux ! Maman, tu te souviens, je t'en ai parlé l'autre jour !

Je dois lui répondre. Mais je reste bloquée. Je ne comprends pas. Je remarque juste que le choc a fait passer la douleur au second plan.

— Annabelle, réagis ! Tu ne vois pas que ta fille pleure ?

Non, non, je ne vois pas. Je ne vois plus rien. Je n'ai qu'un voile devant mes yeux qui bloque ma concentration. Je ne peux rien faire d'autre que rester sur le canapé, à attendre que ce je-ne-sais-quoi se calme en moi.

Je me réveille au bout de... combien de temps ? Quelqu'un sonne à la porte, mais je suis ankylosée. C'est Étienne qui va ouvrir et qui amène l'invitée auprès de moi. Ma sœur. Elle a son regard mièvre posé sur moi. Elle m'énerve déjà. Mais bon, passons.

On lui sert une tasse de thé. D'habitude nous nous installons sous la pergola, mais cet après-midi l'air est frais. Ce sera dans le salon que nous allons discuter, car elle vient généralement pour faire sa commère, mais aussi pour voir sa nièce. Et là ce sont les conversations habituelles. Il faut dire que je n'ai jamais grand-chose à raconter, surtout à elle. Elle a toujours tendance à déformer la réalité et elle raconte ce qu'elle a retenu à tout le monde. Mais, bien entendu, le sujet des enfants enlevés finit par être soulevé. Elle nous donne ses hypothèses. Pourquoi pas...

— Comment vous prenez tout ça, vous ?

— Comme on peut, lui dis-je. Surtout que Téa les connaît tous les deux... Elle est perturbée, la pauvre.

Sur ce, elle prend le journal sur la table basse, regarde la première page avec la photo et nous regarde à tour de rôle.

— C'est tout ? Vous n'êtes pas plus affectés que ça ? J'ai du mal à vous croire !

— Oui, c'est vrai, on se sent perturbés nous aussi avec ce qui nous est arrivé... La perte de son enfant est...

— Et donc c'est tout ?!

— Je ne comprends pas.

— Vous n'avez pas vu la ressemblance frappante ? Vous me sidérez là.

Étienne et moi nous regardons d'un air assez dubitatif.

— Aucun de vous n'a remarqué à quel point il ressemble à Elliot ???

La phrase de ma sœur ne cesse de résonner dans ma tête. Aucun de nous deux n'avait remarqué ce fait aussi frappant ! Elliot et Mathieu se ressemblent vraiment. Cela me trouble un peu trop. J'ai du mal à m'endormir ce soir, j'ai peur d'affronter mes rêves. J'ai un pressentiment depuis la discussion de l'après-midi et j'ai du mal à voir au-delà. Je reste fixée sur l'assemblage des visages. L'aurais-je compris inconsciemment au point de faire un blocage ? Tout est tellement confus dans ma tête...

Et la nuit est dure à passer... Leurs têtes ressurgissent sans cesse dans mon esprit. J'ai quand même rêvé d'Elliot, mais son visage était superposé à celui de Mathieu, et cela devenait tellement troublant que je me réveillais le cœur palpitant. Si seulement cela n'était arrivé qu'une fois ! À peine mes yeux se fermaient que les images revenaient. La sensation d'avoir quelqu'un d'autre dans le corps de mon fils m'était insupportable. Il a fallu que je me lève et que je cherche une occupation. Là je suis assise sur le canapé, à regarder de vieilles séries qui ne passent plus que la nuit, un café dans la main.

Je me suis endormie. Mais pas comme tout à l'heure. Là j'ai vraiment rêvé. J'ai vu Mathieu ligoté, dans ce qui semble être la même pièce que lors de mes rêves avec Sarah. Je distingue une petite lucarne qui amène un peu de lumière dans la pièce, et un lavabo qui semble propre. Cette fois, par contre, j'ai du mal à lire sur le visage de l'enfant. C'est assez perturbant car il semble être statique, mais je sens qu'il est habité par mon fils. Dans ses yeux, son regard. Comme s'il s'imprégnait de son aura.

Ce rêve, je le refais toutes les nuits. Il m'arrive quand même de voir Sarah, mais elle reste en retrait, je la distingue moins bien. Je me sens inquiète, je n'ai aucun pouvoir sur tout ça. Comme si on entrait dans mon inconscient et qu'on le manipulait. Certaines nuits les sentiments sont si puissants que je me réveille avec la forte envie de vomir. Et Étienne à côté... Il a fini par colmater ses oreilles. Je ne sais plus quoi penser de lui. En fait c'est plutôt que je n'arrive plus du tout à le cerner ces derniers temps. Je me doute qu'il est fatigué de tout ce qui se passe, avec moi qui le malmène nuit et jour. Je le sens se détacher tout doucement. Mais je ne peux pas le blâmer. C'est une passade dans notre vie. On la surmontera comme toutes les autres. Ensemble je l'espère. Séparément n'est même pas envisageable pour moi. Mais pour lui ?

J'ai peur de perdre son amour.

Ce matin, devant le miroir, j'ai l'air d'un zombie. Mes joues sont creusées, mon teint verdâtre, je me fais peur à moi-même. J'ai rendez-vous avec mon psychiatre dans deux heures. Mais avant ça j'ai envie d'aller parler aux parents de Mathieu. D'un autre côté, au vu de la réaction de ceux de Sarah, je me demande si cela est bien nécessaire. Je ne ferai peut-être que remuer le couteau dans la plaie. Peu de gens sont prêts à entendre qu'une femme se prétendant médium rêve de leur enfant séquestré.

J'ai tout raconté à mon psychiatre. Les rêves, la volonté de prévenir les parents, collaborer avec la police, et lui m'a regardé avec un air très attentif, pour me dire qu'il me comprenait, mais qu'il faudrait faire un travail très profond sur moi. Il m'a proposé l'hypnose pour tenter de répondre à certaines questions et peut-être résoudre certains problèmes. Je m'y refuse. J'en ai trop peur pour accepter.

Ce soir, je me sens mal. Comme si mon corps ne me suivait plus. J'ai besoin de repos. Je vais m'allonger, mais bien entendu mon esprit va être durement sollicité lorsque je serai endormie. C'est comme une lutte incessante. Je suis fatiguée de cette vie.

Je lutte de nouveau contre des rêves qui envahissent ma tête. Je ne me sens pas bien du tout, que ce soit endormie ou réveillée. J'ai peur de fermer les yeux. Je ne suis plus sûre de voir mon fils, depuis que Mathieu est entré dans mes pensées. Je termine une nouvelle fois la nuit dans le salon, devant la télé, un café dans la main.

Le rituel du matin passé, j'embrasse Téa et Étienne et les regarde s'en aller en voiture. Une journée déprimante comme les précédentes s'annonce. Je crois que je ne pourrai pas rester éveillée longtemps, je me sens lourde...

Après une bonne sieste sans trop d'éléments perturbants, je poursuis ma journée tranquille, de femme seule et désespérée. Mon seul bonheur est d'attendre que ma fille arrive. Bizarrement, c'est la maman de Sarah qui vient frapper à la porte.

— Bonjour, je suis étonnée de ne pas avoir vu Téa à l'école, comme personne ne m'a prévenue qu'elle était absente, alors je passais vous voir pour prendre de ses nouvelles...

— Pardon ? Téa quoi ?

— Ah euh... Elle a peut-être fait l'école buissonnière... Je ne sais pas... Elle n'est pas chez vous ???

— Non, pas du tout ! Personne ne l'a vue depuis ce matin ?

— Apparemment non... Je... Je ne sais pas quoi vous dire...

Son visage devient soudain très pâle. Mais je suis sûre qu'il l'est moins que le mien. Nous nous sommes regardées et nous avons pensé la même chose...

Bien entendu, je me suis sentie mal, bien entendu j'ai immédiatement appelé Étienne et, bien entendu, je la vois déjà morte…

Il est rentré à la maison dans les minutes qui ont suivi, presque aussi désemparé que moi. J'ai envie de mourir, là, tout de suite. Je sens que tout en moi s'effondre, j'ai perdu un enfant, on m'enlève l'autre. Qu'ai-je fait pour que le sort s'acharne sur moi ? Étienne essaie de m'épauler comme il le peut. Je le sens anéanti maintenant, même au bord des larmes. Le réconfort m'apaise un temps, mais ce dont j'ai besoin là tout de suite, ce sont des résultats !!! J'ai beaucoup pleuré, mais l'état de choc dans lequel je suis me permettra-t-il de m'endormir pour entrer en contact avec l'un de mes enfants ??? Mon dieu, cette fois je veux dormir, et non pas lutter contre ces cauchemars !

Trois heures du matin. Mes yeux sont grands ouverts. Trop de choses se mélangent dans ma tête. J'ai quitté le stade des pleurs pour entrer dans la paranoïa. Qui nous veut du mal ?

Cinq heures du matin. Je suis restée dans mon lit. De temps en temps je me tourne vers Étienne et je suis folle de voir comme il semble dormir profondément. J'en viens à trouver ça louche. Peut-être que c'est la fatigue qui me joue des tours, mais je commence à douter de sa sincérité. Il est assez distant depuis quelque temps. Je ne le connaissais pas méfiant comme ça auparavant. Quand est-ce que ça a débuté ??? Je me demande si ce n'est pas quand Téa a disparu. Je ne comprends pas pourquoi il se met en retrait. Il m'observe, j'en suis sûre. Pourtant je n'ai rien fait ! Je perds juste la boussole, c'est tout…

Six heures quarante-cinq du matin. Au final, je ne pense pas me faire de film en disant que c'est plutôt à moi de me méfier de lui. Il n'y a qu'à le regarder. Il a réussi à s'endormir. Cela ne peut pas être l'attitude d'un père à la recherche de sa fille ! Je suis là à me morfondre, et lui semble paisible ! Et si j'inversais mes ressentis de cette dernière semaine. Ne pas dire qu'il se méfiait de moi, peut-être me pensait-il coupable de quelque chose, mais dire qu'il prenait garde à ce que je ne comprenne pas ce qu'il faisait dans mon dos. Peut-être qu'il trafique la journée pendant que je suis loin de lui. Il a peut-être kidnappé les enfants ! Mais, dans ce cas, pourquoi NOTRE fille ? Pourquoi, pourquoi, pourquoi ???

Neuf heures du matin. Si ce n'est pas fou ça ! Il a préféré partir travailler que de rester avec moi, à surmonter l'épreuve ensemble, à chercher des pistes… Se démener pour notre enfant ! Non, Monsieur a besoin de recul et préfère donc se retrouver seul dans son cabinet ! Cela devient totalement incompréhensible et dément !

Je me rends malade à trouver des indices, que ce soit dans la chambre de Téa ou dans mes souvenirs. Je ne sais pas quoi faire, en fait. Je n'arrive toujours pas à dormir, et je sens que j'ai de plus en plus de mal à me concentrer. En plus de tout ça, j'ai refait une crise de... je ne sais quoi. Moi, pliée en deux sur le sol, obligée d'attendre que la douleur s'arrête. Cela m'a paru une éternité... C'était une douleur dans le ventre, les reins. Je n'avais jamais eu ça avant. Et quand elle s'est estompée, les vomissements sont arrivés.

Je vais en rendez-vous chez mon psy. Quand il a su ce qui s'est passé, il a de suite accepté de me recevoir. J'ai un trop-plein de sentiments, d'inquiétudes, de choses louches qu'il faut que je fasse sortir de moi. Qui mieux que lui pour ce genre de choses ? Au moins je sais que rien ne sortira de ses murs.

Au final, j'ai de nouveau eu mes douleurs au ventre durant la séance. Je vais prendre rendez-vous chez le médecin, car cela commence à devenir inquiétant. Étienne était rentré quand je suis revenue de mon rendez-vous. Le courant n'est pas du tout passé entre nous. J'ai eu affaire à un homme froid, méconnaissable, et je maintiens le fait qu'il manigance quelque chose. J'en suis persuadée. Et je vais le prouver. Ce soir il sort dîner avec un client et ne devrait pas rentrer avant minuit. J'ai l'habitude avec lui.

Moi, ce soir, je vais fouiller dans ses affaires.

Bien entendu, stressée comme je le suis, et tout particulièrement en ce moment-même, il m'est impossible d'avaler quoi que ce soit, avant de procéder à mes fouilles. Je me sens portée par l'adrénaline.

Je fouille pendant une heure le premier étage. Rien, absolument rien. Au rez-de-chaussée, même déception. Et je me rends compte que j'ai perdu mon temps, que je suis vraiment stupide et qu'il doit être bien plus perspicace que moi. Tout doit être dans son cabinet en ville. À moins que...

Je réussis sans trop de mal à crocheter la serrure de son bureau. Il ne l'utilise pas souvent, puisqu'il passe son temps en ville, mais à tous les coups il y a quelque chose d'intéressant à trouver... Une fois entrée, je constate l'état de la pièce. Elle a l'air d'être inhabitée depuis un bon moment. Je vais vers son bureau. Il y a de la poussière partout. Les rideaux sont fermés. Une odeur de renfermé stagne. La nausée me prend d'un coup. Je m'assois sur son fauteuil, le temps de reprendre mes esprits. Un journal est posé sur le côté du bureau. En l'ouvrant, je ressens un malaise en même temps qu'une prise de conscience : le visage d'Elliot est en première page. Rien d'autre autour ne montre qu'Étienne est passé ici après son décès. Il m'en veut, c'est sûr. Il veut me le faire payer. Il doit cogiter depuis l'accident dans son cabinet en ville. Mais franchement, pourquoi en venir à enlever notre fille ? Peut-être pour me faire accuser ? Mais quand elle sera retrouvée, elle ne pourra pas me dénoncer puisque je n'ai rien fait !

Je continue à faire le tour de la pièce. Elle est assez spacieuse. Il a réussi à la séparer en deux : côté bureau et côté détente avec un canapé d'angle, un guéridon en bout avec une lampe dessus et une table basse. Ce qui me saute de suite aux yeux, c'est la propreté des deux tables. Cela voudrait dire qu'il est venu ces derniers jours dans ce coin. Je trouve ça étrange et étonnant. Doucement, de ma main gauche, je caresse le dessus de la table quand un flash traverse mon esprit : moi faisant le même geste, mais dépoussiérant cette même table. Je secoue la tête pour chasser ça de ma tête. Comment je peux voir ça alors que je ne viens jamais ici !

Tout à coup j'ai peur. Je ne comprends pas ce qui m'arrive. Mais surtout je ne comprends pas pourquoi j'ai peur, ni de quoi. Mes yeux, qui parcouraient le mur devant moi, remarquent une petite fente près du guéridon. Je m'avance et je passe les doigts dessus. Je les remonte doucement et m'aperçois qu'une encoche est faite dans le mur. J'y mets mon index et je cherche à quoi cela peut servir. J'arrive soudain à bouger le mur ! Une porte est dissimulée dans la tapisserie. Je n'en reviens pas ! S'il n'y avait pas eu cette fente, je ne l'aurais même pas remarquée !!! L'encoche permet de tirer ou pousser la porte de gauche à droite. Je découvre devant moi un petit couloir plutôt sombre, qui mène à une pièce apparemment éclairée la journée par une lucarne, si je vois bien. Je cherche l'interrupteur, et j'éclaire l'ensemble qui me semble familier. Là je reconnais le lavabo, la table, l'atmosphère qui se dégage… Puis, en me tournant, je découvre les enfants, les trois, raides comme des piquets, la peur dans leurs yeux. Ma tête est toute chamboulée. Un flot d'émotions me remplit le cœur et l'esprit. Je m'approche d'eux pour les rassurer et leur murmure, les larmes aux yeux, que je vais les sauver, que tout est fini. Je détache Téa en premier. J'ai besoin de sentir ses bras autour de moi. Elle se met à pleurer en me regardant, les yeux remplis d'effroi. Je me dépêche pour pouvoir la prendre contre moi. En tout cas, quand les gens, ainsi qu'Étienne, sauront ça, ils ne diront plus que je suis folle, et on me croira enfin…

La corde relâche les pieds de ma fille, et la voilà libre d'aller vers moi. Je l'attrape pour l'embrasser, mais elle me pousse violemment et crie « Papa » en tendant les bras. J'ai juste le temps de me retourner, de voir Étienne prendre Téa dans ses bras, et le coup s'abat sur moi.

***

La vie m'en aura réservé des surprises. Je me retrouve dans un hôpital psychiatrique. Je me sens, encore aujourd'hui, tellement honteuse d'en être arrivée là ! Je suis devenue une personne dangereuse et aliénée sans m'en rendre compte. Mon cas est donc bien grave, et, je pense, désespéré. Les enfants ont tous dit à la police que j'étais leur kidnappeuse. En fait, les regards d'effroi, que ce soit dans mes rêves ou quand je les ai trouvés, c'était envers moi, et non pas la simple terreur de la situation que j'avais supposée. On m'a diagnostiqué des troubles psychotiques, apparemment reliés à la mort d'Elliot. Je me suis refusé cette perte, et c'est là que j'ai perdu pied. J'associe mes douleurs au ventre, évanouissements et tous mes problèmes physiques à mes problèmes psychiques, car depuis que je suis ici, je me sens sereine et en meilleure santé. Mon mari se méfiait de moi depuis un moment et il a su ce qui se passait le jour où j'ai découvert les enfants. C'est fou que je ne me sois absolument pas souvenu des enlèvements, de cet endroit où je les ai séquestrés. Je me fais tellement peur à moi-même ! J'en suis arrivée au point où je leur donnais à manger et à boire tous les jours, sans me souvenir de quoi que ce soit ! J'étais une autre personne dans ces moments. Quelque part, je suis bien contente d'être ici. Je ne serai plus nuisible pour les gens, surtout les enfants. C'est mon psychiatre qui a su en premier ce qui se passait. Il m'a fait une séance d'hypnose à mon insu quand Téa a disparu, voulant m'aider à la base. Mais je lui ai tout révélé, sauf l'endroit où les enfants se trouvaient. Cela prenait, selon ses dires, une mauvaise tournure alors il a décidé de me réveiller, en prenant soin de dire que je ne me souviendrai pas de cette séance.

Je me sens très perturbée car en ce moment j'ai toute ma tête, tout ce que l'on m'a expliqué sur le sujet est bien dans ma mémoire. Alors qu'au final je suis un monstre mais je ne m'en rends pas compte.

Étienne vient de temps en temps me voir. Là il est sur le point d'arriver. Tous les jours je prie pour voir ma fille, mais elle serait refusée ici. Elle est trop petite. D'après Étienne, elle a peur de moi et ne serait de toute façon pas prête pour la confrontation. Comme je la comprends… J'en pleure à chaque fois que j'y pense.

Le voilà qui arrive… Je me refuse de parler en sa présence. Je vais avoir un monologue, une fois de plus…

— Alors, comment ça va aujourd'hui ? Bien, à ce que je vois. Toujours aussi muette, hein ! Je vais te conseiller un truc : si tu as des choses sur le cœur, dis-les-moi maintenant car je t'informe que cette visite sera la dernière de ma part. J'ai fait ma B.A. avec toi et là je vais enfin me libérer de toi et de ta folie. Au final tu as raison : tais-toi encore cette fois, que je jubile en te racontant ça. Ta fille part avec moi. Tu ne la mérites pas. Tu as tué notre fils, bon dieu ! Tu te rends compte à quel point tu as été négligente en ne le surveillant pas ? JAMAIS cela ne me serait arrivé ! La seule réponse à tout ça, c'est que tu n'es qu'une pauvre folle. Toi avec tes rêves « oh je suis médiuuuum » !!! Qu'est-ce que j'avais envie de me marrer quand tu disais ça !!! Et quand tu faisais tes malaises, et que tu te tordais en deux !!! Là aussi c'était dur de ne pas m'esclaffer devant toi et les autres. J'en ai tellement rêvé de tous ces moments ! TU as tué notre fils, il est normal que tu paies. Ma pauvre fille, tu ne me manqueras absolument pas. Et je ferai tout pour que Téa t'oublie. Si tu savais comme je t'ai haïe à l'instant où j'ai compris que la mort d'Elliot était due à toi ? J'ai rêvé je ne sais combien de fois à la façon dont je pourrais m'y prendre pour te pourrir jusqu'à la fin de tes jours. Je ne voulais pas te tuer d'un seul coup. Non non, juste te torturer… La mort lente en somme. Et toi et tes séries complètement pourries, que je détestais, et que tu regardais sans arrêt ! Mais au final je te remercie ! Car c'est grâce à l'une d'elles que mon idée de vengeance est venue, comme sur un plateau. L'idée de l'antigel dans la nourriture, c'est pas mal ça hein ! Tu ne t'y attendais pas ! Je te souhaite bien du plaisir à la regarder ta série maintenant. Tu penseras à moi comme ça ! Et, là où je te remercie aussi, c'est que maintenant je n'ai plus de souci à me faire : il a été confirmé que tu ne sortiras pas d'ici. Comment ils disent en anglais déjà ? Ah oui : « enjoy it » !!!

Bien entendu, je n'ai rien dit. Et je ne lui dirai plus jamais un mot. Je n'ai PAS tué Elliot. Étienne est autant coupable que moi. La culpabilité nous rongera jusqu'à la fin de notre vie. J'essuie les larmes qui se décident enfin à couler, je prends l'unique photo qu'il me reste de mes enfants, je les embrasse, la met sur mon cœur, et m'en vais regarder les séries télé avec les autres occupants.

Comme j'aime la rosée

Par Molly Cicabele

Caresse sensuelle sur le jour naissant
Gouttes d'eau fragiles sur le matin blanc
La rosée vient charmante nous chanter
Sa mélodie légère et délicate du lever

Comme j'aime la rosée fraîche et parfumée
J'aime ton cou qui de rose est embaumé
Ton cou qui est si doux quand je m'y repose
Mon refuge quand mon âme est morose

Trésor exquis pour celui qui vient à l'heure
Pouvant savourer ce moment de bonheur
Sentir la douceur de l'eau fondant à ses pieds
La fraîcheur du matin qui fait tout oublier

Tu es douce comme la rosée et tu es si jolie
Comme la perle qui se prépare pendant la nuit
Qui se prépare en grand secret parmi les fleurs
Voulant se faire belle pour la première lueur

Oniriande

Par Frédéric Livyns

— Messire Johan ! Messire Johan !

L'interpellé releva la tête.

— Qu'y a-t-il, brave Darfan ?

Ce dernier était un de ses plus fidèles serviteurs. Farfadet difforme issu de la plus basse classe sociale de son espèce, il avait été élevé au rang de messager princier quelques cycles auparavant.

Depuis, il vouait à son Seigneur et maître une indéfectible reconnaissance et exécutait les tâches qui lui étaient assignées avec compétence et diligence.

Le prince Johan avait régulièrement recours à ses services pour se tenir au courant des événements qui secouaient le royaume d'Oniriande.

Depuis quelques mois, ce dernier était la proie d'une frénétique agitation. Les Troupes du Cauchemar menées par le Seigneur Cercan avaient été aperçues à proximité des frontières et un vent de panique soufflait sur la population.

Cet ennemi séculaire dont la soif de conquête le poussait à envahir d'autres contrées quittait le rang de légende auquel les on-dit et les récits d'immigrés nordiques l'avaient relégué pour prendre une dimension réelle d'autant plus douloureuse.

Le roi Jason, père du prince Johan, était trop préoccupé par l'état de santé de son épouse, la reine Sarah, pour gérer les affaires inhérentes à son royal statut. Afin de passer le plus de temps possible au chevet de sa femme souffrante, il avait délégué à ses intendants le soin de subvenir aux considérations matérielles.

Son fils avait été désigné d'office pour assurer la sécurité au sein du royaume en raison des compétences tactiques dont il avait déjà fait preuve malgré son jeune âge.

Le prince Johan avait donc renforcé la surveillance à tous les postes-frontière et mis en place des milices quadrillant la ville. Le rôle de ces dernières était de s'assurer qu'aucun ennemi n'était en mesure de fomenter contre le pouvoir royal un complot ourdi de l'intérieur ainsi que de rassurer la population de par leur présence sécurisante.

Les elfes étaient donc chargés de la sécurité frontalière et les lutins de la territoriale.

Oniriande était un des derniers bastions représentatifs de la bonne entente entre les humains et les génies des bois. Partout ailleurs, ces êtres avaient revêtu un aspect mythique suite à une mauvaise cohabitation due à la soif de domination des êtres humains. Mais, dans ce royaume, tout se passait pour le mieux. À l'exception de quelques rixes générées par l'alcool, nulle voie de fait entre les différentes espèces ne défrayait la chronique. L'arrivée menaçante des Troupes du Cauchemar avait même tendance à resserrer les liens qui les unissaient.

Oniriande était majoritairement bordée de forêts. En assurer la sécurité n'était donc pas tâche aisée. Pour l'instant, aucun mouvement des troupes ennemies n'avait été constaté. Elles se contentaient de camper à distance respectueuse des lignes défensives érigées sur le front sous les conseils avisés du prince. La population et la famille royale n'en étaient pas moins plongées dans la perplexité et la crainte.

Si jamais le Seigneur Cercan venait à lancer l'attaque, les forces royales ne seraient certainement pas de taille à endiguer l'avancée ennemie et encore moins à la repousser. Le génie stratégique du prince et la sagesse de son vénérable père ne suffiraient probablement pas à faire pencher du bon côté la balance de Dame Fortune.

Le prince posa son regard empreint de candeur sur le serviteur prosterné devant lui, un genou posé à terre et la tête inclinée en marque de respect et d'allégeance. Cela le faisait paraître plus chétif qu'il ne l'était en réalité, ce qui n'était pas peu dire.

— Les troupes ennemies se sont mises en marche, Monseigneur ! clama le farfadet.

Le prince se leva de son trône de toute la vigueur de son jeune âge. Bien qu'il portât déjà le poids de ses douze cycles, il faisait souvent preuve d'une impétuosité que son père qualifiait de juvénile.

— Quelle est la situation ?

— Ils ont déforcé la première ligne défensive et poursuivent leur marche.

— Retourne sur le front et reviens me rendre compte de l'évolution des combats ! Prends cinq hommes de ma garde personnelle pour te servir d'escorte !

La garde princière était composée d'elfes rompus à tous les arts de la guerre. Ils étaient de surcroît passés maîtres dans l'art du camouflage. Ils vouaient à la famille royale une dévotion sans limites et leur loyauté aveugle les conduirait à la mort si besoin en était.

— Quant à moi, poursuivit le prince, je vais référer à mon père de cette situation alarmante. Une décision rapide s'impose.

— Bien, Seigneur ! dit le farfadet en s'éclipsant promptement afin d'obéir aux ordres reçus.

Après avoir harnaché lui-même son cheval préféré, le prince traversa seul une partie de la forêt menant au château de son père. Pour le récompenser de ses premiers actes de bravoure, le roi Jason avait offert à son fils l'administration d'un fief, ce dont le prince s'acquittait avec tous les honneurs.

Au terme d'une chevauchée lui ayant paru interminable tant la situation était critique, il arriva en vue du château parental.

Son arrivée fut annoncée et un garde le guida au travers du dédale menant à la chambre royale. Il en poussa la porte et vit son père, le visage fermé. Il était manifestement épuisé par tant de nuits de veille et de journées d'attentions.

— Fils, dit le roi, j'ai à te parler. La situation est grave.

Le prince Johan décida de différer ses informations toutes alarmantes qu'elles étaient. L'air abattu de son père n'augurait rien de bon. Il jeta un regard à sa mère qui reposait, allongée, les yeux clos. Son visage ravagé par la maladie paraissait maintenant serein.

— Qu'y a-t-il père ?

— Sois courageux. Ta mère vient de nous quitter.

Le prince souhaitait avoir mal entendu, mais il savait en son for intérieur que ce n'était pas le cas.

— De plus, reprit le roi, nous ne pouvons pas rester ici. La situation actuelle ne nous le permet pas.

Il regarda son fils avec tristesse.

— Je sais, dit-il en anticipant la réaction de sa progéniture, ce que tu ressens, mais nous n'avons pas le choix. Tu n'ignores pas que Dame Angoisse a rallié le camp ennemi. Elle vient de remporter le combat grâce à son diabolique allié. Nous sommes seuls maintenant.

Le prince savait que cette décision était pénible, mais inéluctable. Il devait donc s'y conformer, quoiqu'il lui en coûte.

— Tu viens Johan ?

L'interpellé tourna la tête. Il disposa convenablement une des potées disposées en souvenir de sa mère avant de se relever.

Son père, les mains enfoncées dans les poches de son manteau, se tenait voûté sous les rafales cinglantes du vent d'automne. Cela faisait maintenant sept ans que sa mère était morte.

Ils montèrent dans la voiture. Sur le chemin du retour, ils passèrent devant l'ancienne demeure familiale.

La maison avait de nouveaux propriétaires maintenant. Mais, dans les arbres du domaine, se dressait encore la cabane que son père lui avait construite. Elle semblait être à l'abandon.

Ce château d'où il avait gouverné le royaume d'Oniriande avait piètre allure. Son univers enfantin était complètement dévasté par la guerre qui y avait fait rage. Nulle part, il n'y avait trace des elfes, des lutins ou des farfadets composant l'armée de ses compagnons d'enfance imaginaires.

Le Seigneur Cercan et Dame Angoisse avaient remporté la victoire. Mais la reine Sarah était vivante, quelque part au fond du cœur de son enfant.

Le Lac du cygne fumeur

Par Philippe Tomatis

Elle me fixe des yeux en buvant son café,
Une mèche effrontée par la brise emportée,
Balaye son visage aux couleurs du matin,
Réveille mon palpitant à l'aube du béguin.

Sa lèvre supérieure, ventousée sur la tasse,
Frémissante à l'approche du brûlant élixir,
Se reflète dans l'eau noire aspirée en grimace,
Je voudrais être ce nectar pénétrant son empire.

J'articule des sons pour noyer mon émoi,
Je parle de nouvelles venues d'un autre monde,
Je triture ma cuillère tressaillant d'effroi,
De laisser transparaître ce trouble qui m'inonde.

Son bras dénudé par une manche retroussée,
Frêle cou élégant d'un cygne qui se glisse,
Sans un bruit ni clapot sur un lac bien lisse,
Il retient dans son bec un cylindre enfumé.

Je l'entends crépiter la braise de mon désir,
Je vois dans sa fumée ma raison décliner,
À chaque inhalation je ne peux retenir,
Mon souffle saccadé, l'envie de l'embrasser.

Elle me demande tout bas si je me sens souffrant,
Elle semble s'inquiéter de mon teint de malade,
Je lui réponds ainsi, ne crains rien je m'évade,
De ce piège tendu en ce jour naissant.

L'Effeuillage

Par Frédéric Chaussin

Jeanne marchait dans la rue en ce jour d'été, se tamponnant parfois le front pour capturer les perles de sueur naissantes. Les artifices lui donnaient chaud, mais elle s'en moquait, il s'agissait d'un combat qu'elle était prête à mener ; elle voulait tenter de vivre normalement.

Lorsqu'elle arriva à un croisement, elle repéra un bar et décida de s'offrir un petit rafraîchissement. S'asseyant à une table libre sur la terrasse, elle nota qu'un groupe de six amis était assis à proximité et l'observait en s'esclaffant. Jeanne lança une œillade dans leur direction, et se dit qu'elle se faisait des idées. À première vue ils avaient la trentaine comme elle, ils riaient certes, mais pas d'elle, pas à cet âge.

Pourtant, elle ne put s'empêcher de tendre l'oreille et elle les entendit :

— Nan, mais sérieux, regarde la tonne de maquillage qu'elle porte, c'est un pot de peinture, j'te dis.

Le maquillage lui permettait à plus que n'importe qui d'autre de cacher, camoufler le manque de vrai sommeil, les tracas de la vie... Alors ce qu'elle entendit la toucha profondément, mais elle essaya de ne rien montrer.

Un serveur lui demanda ce qu'elle désirait, et elle répondit « une simple eau citronnée ».

— C'est pas une nana, c'est un trav' qui a trop maigri.

— Ouais trop...

Le garçon de café revint et déposa le verre devant Jeanne, elle le remercia sans lui prêter la moindre attention. Elle fixait toujours le petit groupe.

— Même Big Mat a plus de seins qu'elle... dit l'un d'eux avant de rire à nouveau.

— Ouais, il fait vraiment pitié !!!

— Pourtant, j'croyais que les hormones qu'ils prenaient les faisaient se développer...

99

— Je croyais aussi.

Jeanne n'en pouvait plus, qu'espérait-elle après tout... Elle devait se blinder ; affronter de nouveau le monde n'était pas si aisé. « Non, je dois continuer à vivre. » Elle s'accorda une grande inspiration et se releva un peu vite, lui causant un vertige. Expiration.

Elle se planta devant eux et leur dit :

— Ne vous en déplaise, je suis une femme depuis ma naissance.

— Mais bien sûr, Madame, répondit l'un d'eux en décrochant avec soin chaque syllabe du dernier mot.

Jeanne se mordilla les lèvres, le corps parcouru de tremblements de peur. Peur, car elle était seule face à six individus légèrement éméchés. Qu'est-ce qui lui avait pris de se lever ainsi ? Ça ne lui ressemblait pas. Elle se sentait vexée, blessée qu'ils aient osé la confondre avec un homme... N'était-elle plus femme ? N'y avait-il que ça ? Non, la colère aussi s'insinuait en elle. Bande d'ignorants.

Elle retourna à sa table et se saisit de son verre. Elle se tourna à nouveau, effectua une nouvelle fois la distance qui la séparait de leur table. La jeune femme commença par tremper un mouchoir dans son eau citronnée et se le passa sur la figure. Dans le sillage du tissu imbibé, le maquillage s'effritait, révélant ainsi un faciès fatigué, les traits tirés, les joues creusées.

L'air absent et triste, elle finit son démaquillage en retrempant plusieurs fois son mouchoir. Les individus s'étaient tus, mais gardèrent un rictus moqueur.

Alors Jeanne, tout en fermant les yeux, retira sa perruque qui lui donnait si chaud. Elle révéla ainsi un crâne rougi par le contact du postiche où quelques cheveux avaient survécu à la chimio. Le vent caressa doucement son crâne dégarni, ce qui lui fit du bien. Elle sourit faiblement.

Elle nota que les jeunes gens étaient maintenant mal à l'aise, sans doute comprenaient-ils enfin.

De les voir ainsi lui redonna plus de courage et les commissures de ses lèvres s'élargirent encore. Alors elle acheva son effeuillage en déboutonnant son chemisier pour ensuite retirer sa brassière... Elle arborait, en lieu et place de ses attributs, qu'elle considérait jadis comme les marqueurs de sa féminité, deux cicatrices...

Les six individus blêmirent soudainement. Jeanne se redressa fièrement, son minois rayonnant. Elle se dit qu'elle avait gagné une bataille. Pas sur le front de la maladie, mais sur celui du regard des autres. Elle se sentait plus forte maintenant que lorsqu'elle était sortie de son appartement. Elle déposa un billet de 5 € sous son verre, remit son chemisier et reprit son chemin, perruque à la main.

Au sein du cancer

Doriane Still

Qu'est-ce que le Saint des Saints

Si ce n'est le sein d'une femme ?

Tantôt docile, tantôt fragile,

Le sein nourrit sans ciller les bouches des plus subtils

Pères et fils s'en délectent d'une langue malhabile

L'œil hagard de désir et la lèvre fébrile

Il sait donner à l'homme une partie de son âme

Et procure douceur à l'enfant qui réclame

Mais jamais ne faillit sous le joug de l'infâme.

Fier, droit et gonflé, jamais le sein ne baisse les armes

Jusqu'au jour où l'amour laisse place à nos larmes.

Lorsque la vie décide de sévir dans sa chair

Il ne reste que l'encre des mots doux pour prière.

Honorable, il préfère alors se battre puis disparaître

Que de laisser le mal à jamais nous soumettre.

Comment j'ai mordu Ian Somerhalder

Par Rose Darcy

THE REAL WORLD

Métro, boulot, dodo… Un rythme lancinant qui mène mes journées. Elles s'enchaînent, toutes aussi ordinaires les unes que les autres.

Où est la folie là-dedans ? Dans ma tête sûrement…

J'ai une vie palpitante, comme vous le remarquerez assez vite. Je me lève. Je prends les transports en commun, un livre dans les mains, les écouteurs de mon iPod rivés dans les oreilles. J'achète mon traditionnel café Starbucks dès ma descente du train de banlieue — le café, la seule drogue que je m'autorise et qui, en une simple lampée, me fait monter au septième ciel gustatif… souvent, j'aimerais pouvoir me l'injecter par intraveineuse. Je marche, vite, pensive, la tête baissée au milieu de ce flot humain anonyme, gris et morne… comme moi. Et enfin, la dernière étape de mon calvaire. Je rallie les grilles de mon paradis.

Ma petite boutique. L'endroit que j'ai toujours rêvé d'avoir. Celui qui me permet, comme quand j'étais petite, de jouer à la marchande de livres.

Quand on est libraire, on apprend vite à s'échapper de la routine qui nous est imposée grâce à notre opium personnel, la littérature.

Des romans, j'en mange, ou plutôt, j'en dévore depuis que je sais lire toute seule.

Mon tout premier ? « Max et les maximonstres ». J'avais six ans. J'en ai trente aujourd'hui.

Bonjour, je m'appelle Capucine, et je suis une bookaddict.

Vingt-quatre ans dédiés à me laisser bouffer par des pages recouvertes de mots, par des feuilles noircies de phrases encrées sur leurs grains.

Et tout ça pour quoi ?

Moi qui aime tant l'imaginaire, je me sens désillusionnée, perdue. Ma vie réelle tente de reprendre le dessus. Sus à l'ennemie !

Au milieu des piles que forment mes bouquins, je n'existe plus, je survis.

Je parcours tellement de mondes, je rencontre tellement de gens, je ressens tellement d'émotions là, entre ses lignes figées par l'immortalité, que je n'ai plus vraiment envie de les chercher en dehors.

À quoi bon ? Y existent-elles encore ?

Je me sens seule, affreusement seule, au milieu de tous ces monstres de papier qui m'observent en ricanant lorsque je passe devant eux.

Qui sont-ils vraiment ?

Je les entends discourir, ricaner. Ils se parlent, sans cesse. À moi ? Parfois…

Ils chuchotent dans mon dos, se font des confidences. Ils ne sont pas aussi inanimés que nous aimerions le croire !

Me morfondant entre ces cohortes d'êtres si étranges, je demande à ma mère où je devrais chercher mon âme sœur, mon Monsieur Darcy à moi – oublie Bridget et prends-moi ! Elle me répond, comme si c'était une évidence, « Inscris-toi sur meetic ! ».

Je suis au bout du rouleau de la solitude et cette réplique n'a qu'un seul effet : me mettre morose comme pas permis. Puis, j'y réfléchis, deux secondes. Et le château en Espagne s'effondre, terrassé par ce terrible constat : encore et toujours du virtuel !

À quand l'atterrissage dans la réalité ?

MON PRINCE

Un ami m'a dit un jour que mon prince charmant était en route mais que, pas franchement doué — ce qui ne m'étonne pas de lui —, il s'était sans doute cassé la figure de son cheval en chemin. Étant dans le plâtre actuellement, il a juste plus de mal qu'un autre à retrouver mon adresse… Hum, problématique, n'est-il pas ?

De surcroît, ayant bousillé son téléphone dans sa chute — oui, un preux chevalier moderne a toujours son portable sur soi —, il est malheureusement injoignable pour le moment.

« Veuillez laisser un message après le bip sonore. »

Encore faudrait-il avoir ses coordonnées !

En vérité, je ne crois plus au prince charmant depuis longtemps déjà. Même si j'aime à penser que j'aurais le droit, moi aussi, de connaître le grand amour auquel aspirent les héroïnes des romans que je lis tous les jours. Après tout, pourquoi pas moi ? Elles ne sont vraiment pas partageuses ces princesses en robes rose bonbon !

Donc non, pas de prince charmant pour Capucine ! Je dois être la demi-sœur aigrie...

Alors, je me contente de mes fantasmes au masculin. Pompier, rugbyman, batteur, tout y passe, jusqu'au boucher du coin de la rue. Ils réchauffent la solitude de mes nuits, prenant la forme de mon traversin ou de mon canard vibrant.

Toutefois, il en est un, le seul, l'unique, qui se trouve tout en haut de mon top 10 des plus beaux mecs (réels) existants — j'insiste sur le « réel », n'allez pas croire que tous sortent de mon imagination... elle est fertile mais pas à ce point-là ! — qui me fait vibrer comme personne.

Au début, j'ignorais tout de lui. Quand je l'ai rencontré, il était juste un inconnu incarnant un personnage derrière un écran. Au premier regard, j'ai été transpercée par l'éclat de ses yeux et j'ai su qu'il voyait mon âme à travers le tube cathodique. J'ai suffoqué sous la pression de ses prunelles posées sur moi. J'ai cessé de respirer lorsque je l'ai entendu me dire « je t'aime » pour la première fois. Et puis, j'ai éteint le poste et je me suis réveillée.

Ces choses-là n'arrivent que dans les rêves, pas dans la réalité. Je me suis donc résignée à me contenter de ses DVD que je regardais en boucle et à les accompagner de mon pot de Nutella spécial — 400 grammes — pour oublier qu'il n'était plus là, qu'il n'était pas là, à côté de moi.

Un personnage désincarné ne peut exister, je le sais. Une telle relation ne serait ni envisageable ni viable. Mais, là où mon raisonnement avait une faille, c'est que je me suis vite rendu compte que je n'avais pas été ensorcelée par le personnage. Non, cette fois, j'étais tombée sous le charme, puissant, hypnotique, de l'acteur.

Ian Somerhalder.

Au début, j'étais raisonnable, comme quand on goûte aux prémices d'une gourmandise. Une cuillérée ici ou là. Je m'en délectais à petites doses.

À la fin, j'ai succombé et y suis allée à la cuillère à soupe sans restriction.

Un épisode de Vampire Diaries, un épisode de Young Americans, et on recommence !

Rien de bien alarmant me direz-vous. Ça peut arriver à tout le monde après tout !

Puis, le drame est survenu. La rupture.

Et tout a basculé...

OBSESSION

Ian est devenu mon obsession. Mon pêcher coupable.

Je le dissimule aux yeux de tous. DVD planqués au fond de la penderie — merci ô boîtes à chaussures ! — posters et articles dans des classeurs estampillés « factures » — qui irait mettre son nez là-dedans ? —, personne ne doit savoir qu'il est partout. Jusque dans mon frigo !

Où que je pose mes yeux, Ian est là, qui m'observe, chuchotant à mon oreille des mots dont lui seul a le secret. Des mots qui me transportent au-delà des nuages, des mots qui me disent que je suis belle, des mots qui me parlent d'amour. Que j'aimerais les entendre sans qu'ils ne soient qu'une simple illusion !

Ian est mon squelette dans le placard. Mais quel squelette ! Du genre à s'évanouir lorsqu'on croise son regard. Il est, tout simplement, cette beauté que l'on ne peut nommer, que l'on ne peut qualifier, il est la beauté même. Brute, sans failles, incandescente.

Ian m'ensorcèle. Je pourrais me perdre rien qu'à le contempler. Quand il se meut, je retiens mon souffle. Lorsqu'il parle, j'halète.

Ian Somerhalder incarne la perfection extatique au masculin.

Rien ni personne ne pourra le déloger de la place à laquelle je l'ai installé. Aucun homme ne s'y est essayé depuis celui-dont-on-ne-doit-pas-prononcer-le-nom, celui qui m'a brisé le cœur et m'a laissée ramasser, seule, les morceaux à la petite cuillère, emportant dans son sillage tous mes rêves de petite fille. C'est peut-être aussi pour ça que j'ai tant de besoin de Ian. Il me réconforte, il devient ce doudou qui ne me quitte jamais, celui qui m'offre les câlins qui me manquent tant.

J'ai choisi Ian, j'ai assumé ce que cela aurait pour conséquences. Par là même, j'ai sonné le glas de mes espérances amoureuses. Mais je n'en suis pas attristée. Il me comble, occupant chacune de mes pensées. Avec lui, je ne suis jamais vraiment seule. Le voir apparaître sur le fond noir de mon petit écran me procure le même effet de bien-être qu'une tablette de Milka. Cet homme est... indescriptible !

Il a, quand il joue, ce côté bad boy mystérieux au cœur tendre qui me fait craquer sans préambules — je suis une midinette dans l'âme et j'assume ! —. À la ville, c'est son côté sensible, tellement humain, qui m'attire. Il devient vite beaucoup plus qu'un joli minois, il devient... lui. Lorsqu'il arrête de se fondre dans un rôle, personne ne peut plus lui résister.

Avec Ian, je redeviens une adolescente au cœur fondant. Qui soupire. Qui se languit. J'ai quinze ans à nouveau. Et c'est une sensation qui remplit le vide de mon âme. Je retrouve cette insouciance qui me fait tant défaut depuis plus de dix ans, depuis que j'ai dû grandir à la mort de mon père. Je retrouve l'envie de rire, de jouer, de sourire.

Ian n'est pas qu'un fantasme. Non. Avec lui, je revis.

J'ai endossé un rôle pour lui plaire, chaque jour je me travestis en une autre femme pour lui, je deviens celle qui pourrait le charmer... une femme forte, sûre d'elle, sans peur et sans reproche. Je quitte ma peau de femme incertaine pour devenir une femme fatale. Du moins en apparence car sous la carapace, je suis toujours là, moi.

À l'abri, je peux être qui je veux.

L'INCONNU X

Je suis humaine. J'ai, comme vous, des préjugés, des premières impressions qui étiquettent autrui, avec ou sans pitié. Je ne suis pas parfaite. Cela dit, personne ne l'est... Qui oserait dire le contraire ?

Aussi, la première fois qu'il a franchi les portes de la librairie, je l'ai trouvé... déplacé. Incongru, si j'ose m'exprimer ainsi. Il ne collait pas dans le décor. Avec son physique tout en muscles, il m'avait plus l'air d'un homme apte à soulever de la fonte en salle de sports qu'à lire un livre de Proust dans une bibliothèque. Un éléphant dans un magasin de porcelaine.

L'image m'a frappée tel un boulet de canon. Et je l'ai jugé, sans lui laisser une chance...

En voulait-il seulement une ?

Il a fait un pas et s'est immobilisé à quelques centimètres à peine de la porte d'entrée. Déjà, la boutique semblait rétrécir autour de lui. Il dégageait une telle force, brute, animale, sensuelle. Il semblait happer tout ce qui se trouvait à proximité de son corps... magnétique. Jusqu'à tout faire disparaître.

Je me suis sentie attirée par cette apparition, immédiatement. Mais, comme à chaque fois, je me suis raisonnée. Les contes de fées, vous vous souvenez ? Ce n'est pas pour moi ! Et le bel homme mystérieux qui débarque, comme par hasard, dans ma librairie un samedi soir en ayant l'air totalement perdu et qui tomberait, éventuellement, sous mon fameux « charme », hum, je n'y crois pas une seconde. Donc, j'ai décidé de profiter des quelques secondes que j'avais devant moi avant l'inévitable contact, en bonne professionnelle que je suis, pour me régaler un peu de la vue. Ne me regardez pas comme ça, vous auriez fait pareil à ma place, avouez... Et vous n'auriez pas été déçues.

Il mesure au moins vingt bons centimètres de plus que moi, — et je suis petite... 1m65 pour être précise —, il a les épaules carrées, le torse massif, ce qui laisse supposer un homme s'entraînant régulièrement, tout en muscles, sans que cela soit excessif... un corps idéal. Ses mains sont grandes, je les imagine rugueuses, mais j'ai dans l'idée qu'elles savent être d'une douceur impitoyable quand elles glissent sur le corps d'une femme. Ses cuisses, larges, fermes, sont une invitation que l'on ne peut ignorer, de même que son fessier, rebondi... juste comme je l'apprécie. Son pull, près du corps, laisse deviner les lignes de ses abdos parfaitement dessinés... — hum, chocolat. Je relève légèrement la tête afin d'observer son visage. Il n'a pas cette beauté que l'on qualifie de traditionnelle, non, il émane de lui quelque chose de tentateur qui vous fait fondre au premier impact. Cheveux châtain clair coupés en brosse, sourcils fournis — mais pas trop ! — qui encadrent des yeux à la teinte bleu-gris quasi irréelle, nez fier, dont l'on discerne le défaut d'une cassure cicatrisée, une imperfection qui ne le rend que plus intrigant, une mâchoire carrée, habillée d'une légère barbe de trois jours que l'on a envie de caresser du bout des doigts et des lèvres, ourlées, si appétissantes qu'elles en deviennent un appel au pêché. Non, cet homme n'est pas beau au sens strict du terme, il est... irrésistible, et apparemment, il le sait ! Son assurance, son regard conquérant, ses gestes étudiés, tout en lui n'est que lave en fusion. Il surprend mon examen et me sourit, avant de s'approcher de moi. J'ai envie de battre en retraite avant qu'il ne soit trop tard car j'ai le pressentiment que cet homme pourrait tout changer, tout ! S'il le voulait...

MOI, MOCHE ET... GENTILLE ?

Je ne m'aime pas. C'est un constat.

Je ne suis pas belle et je n'ai rien d'une Nina Dobrev. J'en suis même très loin. Je pense qu'en termes de distance, je dois être sur Pluton, pour me situer par rapport à elle...

Cela dit, j'ai quelques atouts et ce que les hommes qui me draguent en boîte définissent comme du charme. C'te bonne blague !

Je me suis résignée.

Un homme ne me dira jamais « Vous êtes belle. ». Ce n'est pas une fatalité en soi, mais une réalité que je me suis forcée à accepter. Même si ça fait mal. Plus que je ne voudrais jamais l'admettre.

Moi je me contente des miettes, depuis des années. C'est toujours mieux que les gentils surnoms dont on m'affublait au collège puis au lycée. Vous les connaissez peut-être, vous aussi ? Baleine, dinde, boudin, j'ai même eu droit à raton laveur une fois...

Arrêtons-là, j'ai déjà envie d'en finir.

Jamais je ne me suis sentie attirante. Comment aurais-je pu ? Comment croire que cela soit seulement possible ?

Jamais je n'ai senti en moi ce pouvoir de séduire un homme juste en étant... moi ! Capucine, et personne d'autre.

Jamais.

Jusqu'à Ian.

J'ai compris en l'observant ce qu'était l'attraction. Pure, simple, fatale. Celle qui vous laisse sans armure pour vous protéger. Celle qui vous déshabille dans un souffle et vous oblige à assumer.

J'ai compris ce qu'était ce jeu de la séduction auquel je refusais consciemment — ou inconsciemment ? — de me plier.

Pourquoi, au fait ? Par peur, sans doute.

La peur. Le sentiment de l'inaction. Celui qui vous paralyse vous empêche de voir au-delà de vos perceptions tronquées. L'émotion la plus dangereuse qui soit... avec l'amour, peut-être.

La peur. Et le déni.

J'ai des kilos en trop donc, je ne peux pas plaire. Première évidence.

Mon nez est disproportionné par rapport au reste de mon visage donc, personne ne peut me trouver jolie. Deuxième évidence.

Je porterai une jupe dès que mes jambes auront cessé de ressembler à des poteaux mais, comme ça n'arrivera jamais, je serais bien incapable de me considérer comme potable. Troisième évidence.

Toujours, une excuse. Toujours, une raison de repousser l'échéance.

Se dénigrer c'est facile, ça me vient naturellement, sans même que j'y pense.

Se dire que l'on vaut la peine... c'est une autre histoire.

Quand votre propre reflet pointe sans arrêt sous vos yeux le moindre de vos défauts, il est plus aisé de les monter en boules de neige que d'accepter qu'ils ne soient qu'exagérés, à la base.

Difficile quand on se dégoûte d'admettre que l'on puisse, sincèrement, plaire à un homme.

ÉMOI

Étrange.

Depuis quelques jours maintenant, en fait, depuis un certain samedi, j'ai senti ma folie douce décroître. Je pense moins à Ian et, même si je ne l'oublie pas, un autre homme le supplante par moments dans mon esprit... et ailleurs aussi.

Je ne sais pas ce qui me prend, de penser à... lui. Il ne devrait pas m'atteindre, pourtant il y arrive. Je suis incapable de déterminer comment il s'y prend pour s'infiltrer dans mes pensées et court-circuiter mes rêves de Ian comme il le fait. Il s'octroie une place qu'il ne devrait pas occuper. Il a trouvé une faille dans mon armure. L'ai-je volontairement exposée ?

Pourquoi a-t-il fallu qu'il franchisse les portes de MA librairie ? J'étais très bien moi, sans lui ! Il voulait acheter un cadeau pour l'anniversaire de sa sœur. Soit. Mais alors, pourquoi être resté parler avec moi pendant de longues minutes après la fermeture ? Pourquoi ?

Je ne comprends pas cet homme. J'ai l'impression de me heurter à un mur de non-sens. Je ne dois pas penser à lui, je le sais. Il ne reviendra de toute façon pas à la librairie et, même si notre discussion m'a plu, si j'avais voulu qu'elle se prolonge au long de la nuit, je suis consciente que cela était éphémère. Merveilleux... mais éphémère.

Il faut que je me le sorte de la tête à tout prix !

Argh ! Ce n'est quand même pas possible d'être atteinte à ce point, si ? Je m'en veux de commencer à broder une histoire qui n'existe pas, de rêver à des choses qui n'arriveront pas.

Je me soigne à ma manière et je liste les défauts que j'ai pu lui trouver. Monsieur n'est pas parfait, loin s'en faut ! Le fait de le dévaloriser m'aide à tenir, à mettre à distance cette petite voix dans ma tête qui me dit qu'il — est peut-être — fait pour moi. Et elle a deviné tout ça au premier regard ? Bien sûr...

Le coup de foudre, c'est bon pour les romans à l'eau de rose. Dans la vraie vie, c'est une autre histoire. Certes cet homme, ce Monsieur Cross, est attirant, je ne peux pas le nier, mais a-t-il les attributs qui ferait de lui le compagnon de toute une vie ? Et voilà que je m'emballe encore ! Il faut vite ralentir le flot de guimauve qui me coule dans les veines avant que je ne m'y noie ou bien que je me transforme en Barbapapa géant !

La situation dérape, tout devient si insensé que je me demande si des champignons hallucinogènes ne se sont pas glissés subrepticement dans mon café ces derniers temps. C'en deviendrait presque comique si ce n'était pas si ridicule.

Je ne suis pas une demoiselle en détresse, je n'ai pas besoin d'être secourue. Alors pourquoi ai-je cette impression lancinante d'avoir besoin d'être sauvée ?

Cette étincelle qui est née en moi samedi dernier m'a bousculée. J'ai chancelé sous sa force, plié les genoux sous la puissance de ce qu'elle m'a fait entrevoir. Elle est entrée en moi et ne m'a plus quittée. Je revois ses yeux, ses mains, j'entends sa voix, je sens son souffle... c'est à la fois douloureux et enivrant. Comme de revivre un rêve à l'infini en sachant qu'on ne peut que le toucher du bout des doigts car, si on s'approche de trop près, il finit par nous échapper et se désagréger. J'étais bien réveillée ce jour-là, et pourtant, je n'attends plus qu'une chose à présent, une autre occasion de rêver encore...

COÏNCIDENCE

Il est ici.

La première chose qui me passe par la tête, accompagnée d'une montée de gamme dans les suraigus, c'est : il est revenu ! Ma conscience angélique déploie ses ailes et savoure le moment. Une. Deux. Trois secondes. Jusqu'à ce que sa jumelle maléfique ne vienne réfréner ses ardeurs. Il n'est pas là pour toi, on se calme, direct !

Comme toujours, je m'efface devant ce raisonnement imparable et me compose une attitude on ne peut plus professionnelle.

Je renseigne, tu renseignes, il renseigne… Je me récite tous les temps de conjugaison en marchant vers lui. Mon rythme cardiaque doit redescendre… immédiatement ! Et, croyez-moi, rien de plus tue l'amour que de faire défiler mentalement le Bescherelle pour ça !

Mais quand un homme tel que lui est face à vous, ça reste une mission quasi impossible malgré tout.

Il a capté mes regards indiscrets et me sourit. Je pourrais fondre devant lui, me liquéfier sur place. Je le sais. Je le sens. Je repousse cette sensation, loin. Car une évidence me percute et me coupe le souffle. Il n'est pas Ian.

Vous croyez au coup de foudre ? Moi, non.

Pourtant là, tout de suite, j'ai l'impression qu'un éclair aux 100 000 volts me traverse de part en part.

Je l'ai mal jugé. En fait, il est… parfait.

Est-ce à cause du smoking qu'il porte ? De sa mise nettement plus apprêtée que la dernière fois ? De ce petit quelque chose de… distingué qui l'habite dans cette tenue ?

Je serais bien incapable d'expliquer d'où proviennent ces frissons d'excitation qui dévalent le long de ma colonne vertébrale avant de se loger au creux de mes reins.

Je tente, tant bien que mal, d'assurer ma démarche et de plaquer sur mes lèvres un sourire neutre. Mon semblant d'aplomb s'effrite, balayé par la lueur dans ses yeux. Dieu, ses yeux… Je pourrais me noyer en eux.

Arrête de te faire des films ma belle et sois pro !

Je suis trop fleur bleue. Mais je me soigne ! Enfin, j'essaye…

Mon imagination galopante me perdra, c'est certain !

Un regard, un sourire, et je fonds comme neige au soleil. Au secours !!!

Je me reprends et plonge mes prunelles dans les siennes.

Il n'y a rien dans ces yeux qui me fixent. Rien.

Rien d'autre que ce que j'aimerais y voir. Pas vrai ?

Je lui offre une vue pleine et entière sur mon masque. Je m'affiche, à distance raisonnable.

Il ne bouge pas. Il me… contemple ?

Merde ! Encore ces drôles d'idées qui me trottent dans la tête. J'ai l'impression qu'il me déshabille du regard et qu'il… aime ça !

Ok, j'ai définitivement basculé dans un univers parallèle, je ne vois pas d'autre explication.

— Bonjour, monsieur Cross.

— Appelez-moi Christian.

APPROCHE

J'ai entendu la clochette tinter alors que j'étais en train de ranger des romans sur les étagères en bois. Rose, le bois !

Aussi, je n'étais pas visible de l'entrée, planquée derrière les rangées du rayon érotique.

L'un de mes rayons préférés du moment, il faut bien l'avouer. Les plaisirs coupables sont les meilleurs, n'est-il pas ?

De fait, il ne m'a pas vue quand il a passé la porte mais moi, si.

Dieu bénisse les interstices !

Au début, j'ai cru à une hallucination. Et puis je me suis souvenue que je n'avais rien consommé d'illégal depuis … en fait, je n'ai jamais rien consommé d'illégal !

Eh oui, je suis la fille sérieuse qui ne sort jamais des clous.

C'est peut-être ça mon problème ? Sage comme une image…

Mais, là n'est pas la question pour le moment, revenons à nos moutons.

Je me suis fiée à ce que j'ai vu, comme Saint-Thomas.

Casquette noire sur la tête, lunettes de la même couleur cachant ses magnifiques yeux — ah…, ces yeux ! C'était lui, aucun doute possible.

Ian. Dans MA librairie.

Il s'est tourné vers le comptoir, ne m'y trouvant pas — n'était-ce pas de la déception que je lisais à ce moment-là sur ses traits ? —, il a fait quelques pas et commencé à flâner dans la pièce.

J'ai tenté de me raisonner. Et si c'était un sosie brouillant les pistes le temps qu'il aille faire ce que les gens normaux font et qu'on lui refuse parce qu'il est … lui ?

Je me suis rapprochée silencieusement du bout de la rangée où je me trouvais, restant masquée, marchant sur la pointe des pieds, retenant mon souffle. Une espionne de première catégorie ! Vous en conviendrez… n'est-ce pas Mister Bond ?

Je l'ai vu s'arrêter devant le rayon des classiques. Bon choix…

Ses doigts frôlaient les tranches des livres de poche et j'en frissonnais de désir.

Que ne puissé-je être ces couvertures sous ses doigts ?

En y réfléchissant bien, je les avais touchés ces livres, moi aussi. Je les avais manipulés, en douceur, comme il le faisait à ce moment-là. Cette caresse, c'était la sienne sur ma peau, à moi...

Le ventilateur devait être en panne car je sentais la chaleur monter tout à coup. En mode canicule, si vous voyez ce que je veux dire.

Je ne respirais plus, je suffoquais et j'attendais. Son prochain mouvement. L'effleurement suivant.

Il fallait que Ian arrête cette torture tout de suite où j'allais crier et me démasquer. Ou alors, finir par laisser mes propres mains vagabonder sur mon corps et là, je n'aurais plus pu répondre de rien.

Finalement, il a sorti un livre des étagères.

J'étais frustrée. De ma position, je ne voyais pas de quoi il s'agissait.

Qu'est-ce qu'un homme comme lui peut bien avoir envie de lire ?

CONTACT

Ma curiosité me perdra car c'est au moment précis où je me posais cette question, que mon épaule est entrée en collision avec un rayonnage.

Comme entrée furtive, on a connu mieux. Je suis la discrétion incarnée.

Je rassemble ma dignité éparpillée sur la moquette, embarque une pile de livres dans mes bras — lui faire comprendre que je travaille et que je ne l'ai pas ignoré délibérément —, avant de me diriger tout naturellement vers le comptoir.

Ne le regarde pas, ne le regarde pas, ne le regarde pas. Plus facile à dire qu'à faire !

Si je me tourne dans sa direction, je fonds sur place. Littéralement.

Car j'ai senti, sans même me retourner, ses yeux posés sur moi.

Il a ôté ses lunettes de soleil. Il m'observe. Et j'aime ça !

Malgré l'inconfort de ma situation, la sueur qui perle déjà le long de mon dos, j'aime l'imaginer me regarder, me détailler de la tête aux pieds. Je reste stoïque sous la pression de son examen. Je le vois faire cette petite moue qui me fait craquer, vous savez, celle qu'il a sur les tapis rouges ? Elle rend ses lèvres encore plus sensuelles si c'est seulement possible...

Je continue de paraître occupée — tâche bien difficile quand on a Ian Somerhalder à quelques mètres à peine de soi ! — alors que je le vois s'avancer, le livre en main, vers moi.

Sa démarche a quelque chose de félin, de purement animal, qui me bouscule. Je vibre, à chacun de ses pas. Il est sexy à mort et il en est parfaitement conscient. Il sait qu'il me fait de l'effet et il en joue. J'ai l'impression d'être une biche sans défense, coincée devant les phares d'une voiture. Quand il atteint le comptoir, seul rempart restant entre mon corps et le sien que j'ai envie de dévêtir, je m'asphyxie déjà. L'air ambiant s'est alourdi, il a une odeur de luxure que je ne lui aurais jamais cru possible d'avoir.

— Bonjour, mademoiselle.

— Bonjour, monsieur.

Je frôle sa main alors qu'il me tend le livre qu'il a choisi.

« Les liaisons dangereuses ». J'aurais dû m'en douter ! N'eût été mon état de tension actuel, je pense que j'aurais éclaté de rire. Ian ferait un Valmont à vous faire renoncer au voile en un battement de cils.

Je laisse ma main s'attarder un peu sur la sienne quand je lui tends son paquet, il me sourit, et ce sourire fait des ravages.

— Merci, mademoiselle.

— Merci, monsieur.

Il sort de la librairie et je m'effondre sur le comptoir, ma tête venant en taper le dessus à plusieurs reprises. Idiote ! Triple idiote !

La scène n'a pas duré plus de quelques minutes, mais elles ont été les plus éprouvantes de ma vie. Pourquoi ne lui ai-je rien dit ? Pourquoi l'ai-je laissé s'en aller sans même lui parler ?

Mon rêve... il s'envole avec Ian alors qu'il déambule à présent dans les rues de Paris.

Je sens encore sa fragrance tout autour de moi, son sourire s'imprimer sous mes paupières, il est là... sans l'être réellement.

Fin de l'acte.

HALLUCINATION

C'est arrivé si vite que j'ai le sentiment d'avoir rêvé.

Me suis-je fait un remake de « Coup de foudre à Notting Hill » toute seule après avoir essoré ma sombre tristesse au fond d'une bouteille de Jack Daniels ? Possible, mais peu probable.

Même s'il n'y avait que nous dans la librairie et que personne d'autre ne peut attester de sa présence, je sais, ou plutôt, la plus petite particule de mon anatomie s'en souvient. Il était là ! Je ne peux pas avoir été trahie par mon corps à ce point. Si ?

J'en ai la chair de poule rien que d'y repenser. Son corps, si près du mien...

Je repasse le film en boucle sur ma chaîne privée tous les soirs, ou presque. Un bonheur tout autant qu'une torture. Pour m'en remettre, je dois, inévitablement, rendre une petite visite à mes deux meilleurs amis, Ben & Jerry. Que deviendrais-je sans eux ?

Et sans Ian ? Il a tout rasé sur son passage pour me permettre de mieux me reconstruire.

Je ne m'imagine pas une vie sans lui. Ou plutôt, je ne m'imaginais pas une vie sans lui.

Je l'ai rencontré. Quelles étaient les chances pour qu'il franchisse les portes de MA librairie un soir de décembre à Paris ? Nulles, inexistantes, et pourtant, c'est arrivé.

Bizarrement, l'adrénaline de la rencontre est vite redescendue. Même si j'y repense avec toujours autant d'intensité, l'évènement ne m'obsède pas comme j'aurais cru qu'il le ferait.

Je ne me suis pas ruée sur mon compte Facebook pour annoncer à la planète entière — qui s'en tape royalement ! — que je l'avais rencontré. Je n'ai pas fait paraître de communiqué dans la presse. Non, j'ai gardé ça secret. En d'autres temps, j'aurais laissé exploser ma joie. Pourquoi ne l'ai-je pas fait ? La petite voix insidieuse qui a élu domicile dans ma tête me murmure : « Parce que ce n'est pas lui. »

Voilà qui remet tout en question.

J'aime Ian. C'est une absolue certitude. Avec lui, c'était une évidence, immédiate et irrémédiable. Mais cette conviction commence à reculer, chassée par d'autres sentiments...

Est-ce que j'aime Ian ou l'image de lui que je me projette ?

J'ai toujours cru que j'avais su faire la part des choses. À présent, je doute.

Je ne nie pas son pouvoir d'attraction qui a agi sur moi comme il l'aurait fait sur toute femme normalement constituée — pas vrai mesdames ? — et je suis persuadée que j'y succomberai encore. Toutefois, je n'ai pas ressenti d'amour quand je l'ai vu, non, c'est le désir, et rien d'autre, qui m'a envahie. Pas d'étincelles autrement que purement physiques. Mon cœur a palpité, certes, mais sous l'effet de l'excitation.

C'est là que j'ai commencé à comprendre...

C'est en surface que Ian a agi, alors que quelqu'un d'autre me transformait de l'intérieur.

J'ai changé d'apparence, de façon de me tenir, de parler, de marcher, pour Ian.

J'ai commencé à m'ouvrir, à me dévoiler pour... lui.

Mes deux personnalités entrent en collision frontale et je ne sais plus qui je veux voir l'emporter. Vous m'auriez posé cette question il y a deux mois encore, j'aurais su quoi répondre. Pas l'ombre d'une hésitation. Aujourd'hui, je n'ai plus de convictions souveraines, plus que des interrogations qui restent sans réponses.

Qui suis-je ? Qui est-il ?

PIPELETTE

J'ai une âme de pipelette.

Quand j'ai peur, que je suis nerveuse ou au contraire, que tout va bien, je parle, je parle, je parle...

Ça faisait des mois que je n'avais plus rien dit à personne. J'incarnais la femme mystérieuse à l'état pur, celle qui ne lâche rien. Alors qu'à l'intérieur, je hurlais en silence.

Christian a ouvert les vannes, comme même Ian n'avait pas su le faire auparavant.

Discuter avec lui, sans me soucier de séduire, de paraître, me fait l'effet d'une thérapie.

Nous nous asseyons dans les fauteuils confortables de la librairie et parlons, parfois pendant des heures, laissant le soleil se cacher petit à petit à nos yeux.

Je ne sais pas ce que cet homme porte en lui qui me pousse à ainsi me confier, mais, avec Christian, je n'ai pas de craintes. Je laisse le flot des mots tant retenus s'écouler librement et il l'accepte.

Je m'ouvre. Un pétale après l'autre.

Je ne sais pas pourquoi il s'obstine à revenir chaque samedi pour se retrouver à passer une grande partie de sa soirée à mes côtés. Quelle est sa motivation ? À vrai dire, j'ai arrêté de la chercher, je veux juste qu'il soit à nouveau là le samedi suivant.

Je ne me sens pas dépendante de ces moments que nous partageons, je vivais sans, je pourrais recommencer. Mais j'ai déjà le sentiment qu'alors, il me manquerait quelque chose, comme une partie de moi.

C'est dur à expliquer. Pour être honnête, je n'arrive pas à mettre des mots sur ce que ces interludes réveillent en moi. Parfois, on a l'impression de se retrouver face à un miroir qui déforme la réalité. Avec Christian, j'ai le sentiment de me voir vraiment pour la toute première fois.

Il n'était pourtant, il y a quelques semaines à peine, qu'un inconnu parmi d'autres que je n'aurais sans doute jamais croisé. Aujourd'hui, il est un bout de mon horizon.

Il n'a pas cherché à provoquer ça, je le sais. Christian n'a rien demandé, je suis sûre qu'il ne s'imagine même pas ce qu'il a déclenché. Pourtant, il m'a donné plus qu'il ne pourra jamais le savoir.

Ça peut paraître fou, insensé, délirant, mais je crois que je l'aime…

C'est trop tôt, trop vite, trop… trop tout ! Cela dit, il fait battre mon cœur à distance comme aucun autre avant lui.

Avec Christian, je touche du doigt ce qui me manque tant chez Ian, la vérité.

Je délire, sans doute. Je n'ai aucune chance d'accéder au prochain niveau de la partie avec lui, c'est une évidence. Non mais, vous m'avez vue ?

Alors, je continue d'attendre le samedi suivant avec impatience, je laisse de douces pensées m'envahir et je me prépare à jouir de chaque parcelle de lui que Christian voudra bien m'offrir.

Une drôle de relation s'est nouée entre lui et moi. Basée sur un seul paramètre : son retour près de moi d'une semaine sur l'autre.

Une question me hante et ne me laisse aucun répit. Pourquoi moi ?

CENDRILLON

Samedi.

En me levant ce matin, je me sens telle une adolescente se préparant pour son premier rendez-vous. Ridicule…

Je me fais encore des films, j'en suis consciente. Mais il y a cette petite voix dans ma tête qui me pousse à maintenir l'illusion intacte.

Ça n'arrivera jamais, je le sais. J'ai néanmoins besoin d'y croire un peu. Comme une nécessité implacable de ressentir ces émotions.

Dans ces moments-là, je me shoote à l'endorphine. Ma dose quotidienne, je la trouve auprès de Ian, dans mes rêves fantasmés, tous les jours... Je l'y trouvais...

Mais pas le samedi. Aujourd'hui, c'est ma réalité qui devient onirique.

J'applique une légère touche de gloss sur mes lèvres et me contemple un instant dans la psyché, si impitoyable. L'impression d'avoir été photoshopée m'assaille. Je ne me reconnais plus et j'aime cette sensation. Être... elle.

À tel point que je ne peux résister à faire un ample tour sur moi-même. Ma jupe bouffe au vent, mes cheveux virevoltent et le rouge vient colorer mes joues de porcelaine. Puis, je me fige, riant comme une gamine devant mon reflet. Ce matin, j'aime ce que je vois.

Et c'est à lui que je le dois... Monsieur Cross.

Christian.

Quand la réalité dépasse la fiction, on perd pied. Vos repères s'égarent, vous laissant seule face à un dédale de possibles dont vous n'arrivez pas à trouver l'issue.

Il n'est sans doute devenu, au fond, qu'une chimère parmi d'autres, qu'un client sans visage qui poussera une dernière fois la porte de ma librairie avant de disparaître pour toujours... mais quand ?

Je redoute cet instant, cet abandon, celui où la clochette de l'entrée ne résonnera plus pour m'annoncer son arrivée. J'ai pris goût à ses visites. Si elles s'interrompaient, alors ce vide béant en moi reprendrait ses droits.

Cet homme a bouleversé ma vie sans même le savoir. Mon cœur rate un battement à chaque fois qu'il pénètre dans mon antre. Lorsqu'il me sourit, mon rythme cardiaque devient pure frénésie. Comment en suis-je arrivée là ?

Il n'attend rien de moi alors que... j'attends tout de lui.

C'est dangereux. Je me piège moi-même en haut du donjon tout en sachant que personne ne viendra affronter le dragon pour m'en sortir. Christian... Mon preux chevalier sur son cheval blanc ?

Je soupire, secoue ma tête de droite à gauche pour en extraire ces divagations risibles et m'immobilise. La Terre appelle Capucine !

Je dois arrêter de rêver et me concentrer sur la réalité. Pas de « … ils vécurent heureux et eurent beaucoup d'enfants. »

J'entends encore ma mère me rappeler que nous ne vivons pas dans un conte de fées.

Je grimace et tire la langue au miroir en fronçant le nez.

Aujourd'hui, je suis une princesse ! Na !

LUI ?

Voilà Monsieur Cross qui franchit les portes de mon univers.

Ou plutôt devrais-je dire Christian, selon ses souhaits.

Mais je n'y arrive pas lorsqu'il est face à moi. Ce serait tisser un lien que je devine éphémère.

Une attache qui me ferait mal si elle venait à se briser.

C'est le même scénario depuis quelques semaines. Tous les samedis, peu avant la fermeture, il entre, furète dans les rayons avant de venir me débusquer derrière une étagère.

C'est toujours lui qui me cherche, me trouve, me fait sortir de ma cachette.

Et là, nous discutons, comme deux adolescents, de nos lectures du moment, des musiques que l'on écoute, des films que l'on voudrait voir… de tout et de rien. Nous parlons, jusqu'à ce que les lumières s'éteignent, coupés du monde extérieur, à l'abri, retranchés.

J'aime ces instants de complicité qui se sont créés entre nous. Nous ?

Entre lui et moi… c'est mieux ! Il n'y a pas de « nous ». Pas de « et » non plus.

Je ne sais pas ce qu'il cherche depuis trois mois qu'il a débarqué dans ma librairie.

Et je ne veux sans doute pas le savoir.

Je me suis trop perdue en conjectures, en si et en peut-être pour recommencer maintenant. Alors, je profite de l'instant.

Il est là, je suis là, qu'importe le reste.

Je m'enferme, le temps d'une conversation, dans une bulle.

Une bulle qui éclate dès qu'il quitte la boutique, car je ne sais jamais quand, ni si, il reviendra. Tout pourrait s'arrêter demain… Est-ce que c'est ça que tu veux ?

Je plonge dans l'inconnu avec Monsieur Cross. J'apprécie ce sentiment d'attente, de nervosité, qui point en moi alors que j'espère son arrivée. Je goûte les sensations électriques qui naissent en mon sein lorsqu'il est près de moi. Je déguste ses paroles, portée par les exquises vibrations de sa voix rauque, si suave...

Quand il entre, qu'il se campe dans toute sa virile splendeur face à moi, j'ai les jambes qui flageolent sous le poids de la vague de pur désir qui m'emporte.

Monsieur Cross... voilà un homme aux antipodes de tous mes fantasmes, de tous mes coups de cœur habituels.

Une petite alarme résonne dans ma tête et m'exhorte à prendre conscience de ce que je sais déjà : il est plus qu'une chimère, tellement plus que ça !

Il me regarde et c'est comme s'il pénétrait mon âme. De tout autre, j'aurais perçu cette intrusion comme un viol mais, de sa part...

J'ai l'impression qu'il voit au-delà de ce que je tente maladroitement de dégager, d'imposer. J'ai ce sentiment étrange qu'il me voit, moi, derrière la façade d'apparat. Naïve...

Il me dit :

— Bonjour Capucine.

Et je n'ai plus envie que d'une seule et unique chose, plonger mes yeux dans les siens, brûlants de désir, et lui répondre :

— Déshabillez-moi !

Besoin urgent d'une thérapie moi !

BABY STEPS

Je suis à un tournant de ma vie.

À l'âge où toutes mes amies se sont mariées et ont commencé à fonder une famille, moi je... Moi ? Je reste sur la touche.

Je suis la demoiselle d'honneur attendant patiemment de porter le voile blanc à son tour et qui se morfond dans l'intervalle.

Leur bonheur me ferait presque mal. J'ai souvent l'impression que je n'ai pas même le droit d'y prétendre. Une fois encore, je ferme les portes avant même de voir si elles sont descellées. Mais je sais, au fond, que cette félicité-là n'est pas pour moi.

Je suis une Bridget Jones qui chante « All by myself » à tue-tête en tentant tant bien que mal de faire cuire des pommes de terre sans faire cramer le fond de sa casserole. Célibattante, comme on dit. Sauf que moi, j'ai arrêté de me battre. À quoi ça sert, de toute façon ?

Je suis le poisson qui nage à contre-courant. À trente ans, je me cherche encore. Étrangement, j'ai l'impression que c'est dans les yeux de l'homme qui m'aimera « telle que je suis » que je finirai par me trouver. Romantique patentée, inutile de me le rappeler. Impensable, sans doute...

À mon âge, on ne se refait pas ou alors, on le fait croire et on finit par se mentir à soi-même.

Je crois me connaître, je crois me contrôler, mais deux hommes m'ont prouvé tout le contraire et ça me fait peur.

J'ai joué et j'ai perdu déjà une fois. Je ne veux pas commettre la même erreur à nouveau. Je me protège, je me barricade, je deviens inatteignable. Du moins, j'aime à le penser. Toutefois, je sens les fissures se propager en moi et ça ne me rassure pas. J'ai fait semblant trop longtemps et j'en paye le prix.

D'un seul coup, je suis submergée par la réalité, la vraie, la tangible, celle à laquelle je ne peux pas échapper. Et je n'en ai pas véritablement envie, enfin, je crois. À dire vrai, je ne sais plus où j'en suis, toutes mes certitudes ont pris la poudre d'escampette et je me retrouve à devoir gérer des émotions que j'avais cloîtrées afin qu'elles ne voient plus le jour. Je me suis noyée.

Mon rêve a fusionné avec mon quotidien, il y a mis un pied et a balayé d'un seul regard ce que je m'étais imaginé.

Un autre rêve a commencé à se dessiner, un rêve inaccessible, mais dont la prégnance ne cesse de s'amplifier. Et si... ?

J'aurais voulu que Moïse soit là, qu'il écarte ces deux routes pour me permettre d'emprunter un chemin de traverse, celui du milieu. Pour oublier, pour continuer.

Mais je suis seule. Et je tourne en rond dans ma librairie, me demandant si j'ai vraiment envie de m'ouvrir à nouveau, de me dire que, finalement, tout est possible. Quelque part derrière les murs que j'ai dressés, j'ai trouvé une forme d'équilibre qui me convient. Cependant, je sens que j'ai besoin de plus encore.

Oui, j'ai envie de ressentir à nouveau ce pincement au cœur qu'est l'amour, oui. Ce que je redoute, c'est la souffrance qu'il engendre quand il est dénaturé. Je ne veux plus souffrir. Est-ce si égoïste que cela ?

MORDS-MOI

Peu après la tombée de la nuit, et alors que je m'apprête à fermer la boutique, je le sens entrer dans la librairie. Pas même besoin de me retourner et de le regarder, je sais que c'est lui.

Ian.

C'est comme si chaque fibre de mon être répondait au muet appel de sa signature invisible. Son aura m'enveloppe, manteau de chaleur qui échauffe mes sens à l'affût. S'il me le demandait là, maintenant, je pourrais faire... quoi ?

Tout ce qu'il voudra...

Cette fois, c'est lui qui me débusque. En deux pas, il est près de moi. Sa voix, juste sa voix...

— Bonjour... vous.

Sa tessiture a quelque chose de magique, d'envoûtant. C'est fascinant de voir ses lèvres bouger. Je pourrais l'écouter parler pendant des heures...

— Bon... Bonjour, bégayé-je aussi élégamment que possible.

Et je me mets à sourire, béatement, telle l'une des milliers de groupies dont il est affublé. À croire que ma cervelle s'est liquéfiée sur place.

Je dois rêver, encore, parce que son corps se rapprochant du mien et m'acculant contre les bibliothèques en bois ne peut exister là, si près... Et si c'était vrai ?

— Je... je peux... vous aider ? parviens-je à articuler entre deux respirations haletantes.

Ian ne répond pas mais accentue la pression de son corps, emprisonnant le mien. Dos aux murs de livres, je vois ses mains se placer de part et d'autre de mon visage, accrochant l'étagère contre laquelle je suis appuyée. Il m'encercle. Je suis cernée. Et j'aime ce sentiment d'impuissance qui m'envahit, l'expectative de l'après. C'est dingue !

— Vous le pouvez.

Et je le ferais ! Il me demanderait la Lune que j'irai la lui chercher.

— Comment ?

Il place sa main en coupe sur ma joue avant de la faire lentement glisser le long de mon flanc. Son regard perçant est vrillé au mien. À aucun moment il ne le détourne. Il se dévoile...

— Comme ça, ajoute-t-il encore avant de plaquer ses lèvres sur les miennes.

Sous cette caresse, aussi brûlante qu'inattendue, je ne peux m'empêcher de trembler et un gémissement de pur plaisir franchit mes lèvres. Une minute, une heure, une nuit plus tard, sa bouche quitte la mienne. Atterrissage. Mes neurones se sont déconnectés en cours de route car la seule chose qui me vienne à l'esprit après ce séisme — waouh ! — c'est :

— Pourquoi moi ?

Ian me détaille des pieds à la tête, prenant son temps, attisant encore plus — comme si c'était possible ! — mon désir de lui puis il se penche et murmure, tout contre mon oreille...

— Parce que...

... Je retiens mon souffle. Ma respiration erratique ne me facilite pas la tâche, traîtresse !

— ... vous êtes charmante.

Je sursaute. Alors qu'il se redresse, que ses lèvres tentent de retrouver les miennes, je me détourne, plonge ma tête dans son cou et plante mes canines dans sa chair tendre, offerte.

Et oui, à cet instant, je mords Ian Somerhalder !

RIDEAU

Première réaction : enfoiré !

Deuxième réaction : pourquoi ? Pourquoi ? Pourquoi ? Pourquoi ? Pourquoi ? Pourquoi ?

On va s'arrêter là, je pense que vous avez compris.

Je l'ai mordu ! J'ai laissé la marque de mes dents sur le cou de Ian Somerhalder !

Et j'ai aimé ça !

L'acte a pris des airs de vengeance personnelle. Pas joli comme attitude, nous sommes d'accord. Mais cette morsure était avant tout un cri, un exutoire. Une réponse muette à tous ces hommes qui me trouvent... charmante.

Le qualificatif à lui seul me fait grincer des dents.

Le faux Ian me faisait croire que j'étais belle, désirable. Le vrai a tout foutu en l'air avec un simple mot. Minable !

De toutes les raisons au monde qu'il avait de m'embrasser, pourquoi avoir choisi celle qui me détruirait ?

Après que mes lèvres se furent détachées de sa peau, tout s'est effondré. Le sol s'est ouvert sous mes pieds et j'ai chuté. J'errais au cœur du brouillard, aveuglée par ma douleur. Je me laissais guider par sa voix...

Il... en... redemandait ! Merde !

Si j'avais cru qu'un jour j'aurais à repousser les avances de mon fantasme absolu, je me serais traitée de folle avant de me jeter des baffes à la pelle ! Et pourtant, c'est ce que j'ai fait.

J'ai dit non à Ian Somerhalder !

Et j'ai adoré ça !

Puis, je suis rentrée chez moi. J'ai enfilé mon pyjama pilou rose bonbon, j'ai serré dans mes bras mon Porcinet en peluche, avant de m'effondrer sur mon lit.

J'ai pleuré, quelques heures. Ensuite, une fois la tornade apaisée, j'ai ri.

Ri de moi-même, de cette situation totalement surréaliste dans laquelle je me retrouvais.

Je n'étais qu'une proie facile. Avec moi, il avait juste voulu se rassurer.

J'ai failli éclater de rire. Lui ? Se rassurer ? Avec moi ? La blague du siècle !

Mais je me suis retenue, terrassée par l'éclat dans ses yeux. Incertitude, peur, tristesse...

Alors on a parlé, assis entre les étagères de la librairie. Pendant des heures.

Ian m'a raconté un pan de sa vie. Ses problèmes de couple avec sa vampire brunette qu'il soupçonne de le tromper... la garce !

Je l'ai écouté, patiemment. Je l'ai réconforté, comme j'ai pu.

À la fin de la soirée, il m'a remerciée. Je ne le reverrai jamais plus.

Là, il est quatre heures du matin, je suis levée, un carton vide dans les mains que je remplis de tous mes souvenirs de Ian... ou comment devenir enfin une adulte quand on a trente ans ! Pas trop tôt !

Il m'a fallu cette rencontre, ce baiser, pour me réveiller, me sortir de ma torpeur.

Si même Ian arrive à douter de lui alors, qui suis-je pour me morigéner lorsque j'en fais autant ? Il m'a ouvert les yeux sur une réalité que je voulais ignorer.

Ce soir, le mythe s'est effondré.

ET SI C'ÉTAIT VRAI ?

Le lendemain de « l'incident » était un samedi.

Pour la première fois depuis des mois, je sortis de chez moi sans artifices.

J'avais oublié cette sensation d'être juste… moi.

Pas de masque, pas de faux-semblants, juste moi, moi et moi.

Étrangement, je me sentais bien.

J'avais revêtu ma tenue de combat d'avant, jean, ballerines, pull pastel, et mon accessoire de costume à la Clark Kent qui ne me quittait jamais : mes lunettes !

Adieu, jupe, corset et hauts talons !

C'est sans fards, tous défauts exposés, que j'entrepris de me rendre ce jour-là à la librairie.

Je ne marchais pas, je volais au-dessus des pavés. Jamais je ne m'étais sentie aussi légère… libre, tout simplement.

Plus d'obsessions, plus de carcans. S'offrait à moi un tout nouveau monde que je m'étais refusé jusqu'ici à explorer.

On ne me fixait pas dans la rue comme je m'y étais attendue. Personne ne pointait son index dans ma direction en criant : « Mais qu'elle est laide ! ». J'étais un corps sans nom parmi les anonymes défilant autour de moi. Le pied !

C'est dans le métro que l'évidence s'imposa à moi. Grâce à Ian, au rôle que j'avais joué sous son impulsion, j'avais changé.

Non. Pas changé. J'avais éclos.

Merci, Damon…

Je souris. Finalement, après m'être cachée derrière un personnage pour enfin m'accepter, j'avais fini par me trouver.

À partir de maintenant, plus de scénario, plus de mise en scène. Ma décision était prise. J'allais croquer la vie à pleines dents, peu importe les kilos en trop dont je serais pourvue dans la manœuvre. Vivre, enfin !

Le rideau était tombé sur cette existence retranchée.

Je savais qu'un jour viendrait où je devrais sortir de ma coquille. L'oiseau doit toujours quitter son nid, aussi douillet soit-il…

Je ne m'y étais pas préparée pourtant. Il me semblait, il y a quelques jours encore, inconcevable que je puisse être en paix avec moi-même au point de vouloir briser les chaînes que je m'étais imposées. Faire voler les codes établis en éclats et me dévoiler, comme jamais.

J'étais apaisée. J'étais prête.

Et je me sentais enfin capable d'être celle que je voulais devenir. Quelque part, je l'étais déjà, il me fallait juste me le rappeler.

Si je n'avais pas connu Ian Somerhalder, je me serais perdue. Il m'a montré la voie et je l'ai suivie. Il a été mon phare au cœur du brouillard, ma lumière dans la nuit. Il a été mon tout pendant si longtemps que je ne pensais pas qu'il pouvait y avoir un autre centre à mon univers... Maintenant, je sais.

Alors que je devrais m'effondrer, je me sens plus forte. Je sais qui je suis, je sais ce que je veux, et ça fait toute la différence. I'm a survivor !

SEULE

Je suis une planète sans satellite.

À nouveau seule au cœur froid de ma voie lactée.

Je flotte, immobile, sur cet écran sombre servant de toile de fond à mon existence sans saveurs.

J'ai tout perdu. Mes deux étoiles m'ont abandonnée.

Ian a quitté ma vie.

Christian n'est plus revenu à la librairie.

Cette solitude retrouvée m'a permis de faire le point sur mon semblant de vie et de me rendre compte que je méritais mieux. Parce que je le vaux bien !

Je me suis cassé les dents sur une illusion qui ne méritait pas d'être entretenue. Je me suis laissée engluer en elle au lieu d'ouvrir les yeux.

Pathétique !

Ça n'aurait pas pu être Ian. Il était ma boussole sur le chemin tortueux que j'empruntais, celui qui m'indiquait la direction à prendre.

Mais il n'a jamais été la destination.

Sur la route, j'ai trouvé ce que je cherchais et l'ai laissé s'échapper...

Je n'ai pas su voir ce que j'avais sous les yeux, aveuglée par mes raisonnements distordus. J'ai cru imaginer ces émotions, je les ai refoulées. La peine que je ressens aujourd'hui est palpable, douloureuse. Elle a un goût acide d'occasions manquées.

Je suis le jouet d'un destin farceur. C'est à moi et à moi seule d'emprunter un nouveau chemin... le mien. Celui de mon cœur. Il doit guérir de la blessure qu'il s'est lui-même infligée.

Monsieur Cross.

Cette nouvelle cicatrice me brûle, me tiraille, bien plus que les autres. Sa réalité est ma plus grande souffrance.

Il me manque.

Sa voix, son odeur de terre mêlée de pluie, son sourire...

J'ai renoncé sans même oser croire et essayer, battue à l'avance par mes auto-apitoiements.

Et je demeure, face à moi-même. Le cœur en miettes et les questions sans réponses.

J'ai profité de chacun de ces instants passés ensemble, savouré sa présence, juste ça, sa présence. Je me rends compte à présent que j'en aurais voulu tellement plus, mais il est trop tard. Je me suis tue quand j'aurais dû lui dire... Je n'ai pas saisi ma chance.

Demain, c'est samedi.

Je sais que je l'attendrai encore.

Jusqu'à quand ?

Je ne suis pas guérie de lui. Je ne le serai sans doute jamais.

Comment un inconnu a-t-il pu prendre une si grande place dans ma vie ?

Le vide en moi s'amplifie de le savoir... ailleurs. Loin de moi.

Un être vous manque et tout est dépeuplé.

Reviens-moi...

DEUXIEME CHANCE

Deux mois ont passé et la vie a repris son cours tranquille, sans vagues. Je m'habitue petit à petit à ce nouveau rythme qui s'est imprimé sur mon existence et, malgré quelques moments fugaces de mélancolie, je l'apprécie. Plus rien n'est venu la troubler depuis...

Je suis tirée de mes pensées par le bruit de la clochette signalant l'arrivée d'un nouveau client. Je lève les yeux du roman que je suis en train de lire derrière le comptoir pour en croiser deux autres à la teinte bleu-gris si familière...

— Bonjour. Capucine ?

— Euh... oui.

128

— Enchantée. Je suis Sophie.

— Sophie ?

Elle doit sentir la surprise dans ma voix car elle fronce aussitôt les sourcils, semblant réfléchir à la question…

— Il ne t'a pas parlé de moi, c'est ça ?

— Mais… qui ?

— Christian !

Mon cœur se gèle. Serait-il… marié ?

— Mon frère, reprend Sophie rapidement.

Malgré moi, je soupire de soulagement et la jeune femme m'adresse un sourire rieur.

— Je… je suis désolée, il ne m'a pas parlé de vous. Je savais juste qu'il avait une sœur…

— Ce n'est pas grave. J'ai l'habitude avec lui.

— Oh ?

— Oui. Il aime entretenir le mystère.

— J'avais cru comprendre, murmuré-je.

— C'est justement pour ça que je suis là !

— Je vous demande pardon ?

— Il est parti sans même te prévenir, n'est-ce pas ?

Je ne réponds pas, Sophie lit sur mes traits tout ce qu'elle a besoin de savoir.

— Je lui avais dit pourtant qu'il fallait que tu saches.

— Que je sache quoi Sophie ?

— Il m'a soutenu qu'il n'y avait rien entre vous… mais, quand je le regarde parler de toi et que je te vois, maintenant… quel imbécile !

— Sophie ! Qu'aurait-il dû me dire ?

— Christian est militaire. S'il n'est pas revenu ici c'est parce qu'il est parti en mission pour quatre mois.

— Mais… pourquoi n'a-t-il pas… ? Non, ne dites rien, je sais.

— Mon frère a souvent été malmené en amour, je crois qu'il n'a pas voulu croire que son attirance pour toi était réciproque, pour ne pas encore souffrir.

— Et j'ai fait pareil…

— Cela dit, les coups de foudre, ça ne se commande pas, ajouta Sophie en me souriant.

Non, les coups de foudre ne se commandent pas, ils se vivent… intensément !

HAPPY END ?

Deux semaines depuis la visite de Sophie. Nous avons beaucoup discuté elle et moi, autour d'un café, et une nouvelle perspective s'est dessinée sous mes yeux.

Ou plutôt, c'est la jeune femme qui me les a ouverts. Je ne m'étais pas trompée.

C'est moi-même qui avais enfermé cette réalité dans une bulle de rêve, m'en refusant d'office l'accès, alors que la porte était ouverte.

J'avais fait avec Christian comme avec Ian. Je l'avais placé sur un piédestal inaccessible dont je ne profitais que par miettes alors que j'aurais pu… Tout ce temps perdu !

J'aurais dû me faire confiance. Lui faire confiance. Je me suis bornée, une fois encore, et je l'ai laissé s'en aller.

La peur, à nouveau, m'a empêchée d'agir. Si une deuxième chance m'est offerte, je ne la laisserai plus me dominer. Jamais. Il est trop important pour moi, je l'ai découvert dans l'absence, je ne veux plus revivre ça.

Aujourd'hui, nous sommes samedi. Ce jour-là n'a plus la même saveur sans lui. J'erre comme une âme en peine entre les rayons de la librairie, regardant avec nostalgie le soleil déclinant derrière la fenêtre lorsque j'entends la porte s'ouvrir. Un nouveau client. Je commence à le renseigner quand un deuxième homme pénètre dans la boutique. Je me retourne et je le vois.

Je dois encore être en train de rêver. Je me pince le bras mais l'image ne s'envole pas. Il est là.

Son sourire m'accroche dès qu'il me voit lui aussi. Je ne peux m'empêcher de le lui rendre… au centuple. Il paraît d'abord surpris lorsqu'il constate les changements opérés sur mon apparence mais, très vite, ses yeux s'éclairent d'une lueur d'appréciation qui me bouleverse.

Mon cœur bat si fort dans ma poitrine que j'ai l'impression qu'il va exploser.

Alors que je m'occupe d'encaisser celui qui sera, sans aucun doute, le dernier client de la journée, Christian s'avance nonchalamment vers le mur me faisant face. Je sens la brûlure de son regard me transpercer. C'est si bon que j'en tremble.

Et soudain, je sais. L'inéluctable. Je ne m'efface plus, j'agis.

Je raccompagne le client à la porte... que je ferme derrière lui avant d'éteindre les lumières.

Il n'est plus temps de tergiverser. Je sais ce que je veux. Monsieur Cross acceptera-t-il mes initiatives ?

Je n'ai pas le temps d'y réfléchir que je sens son corps massif se plaquer contre mon dos. Malgré moi, je soupire sous la douceur de ce contact.

— Tu es revenu.

— Oui, murmure-t-il avant de nicher sa tête dans mon cou. Tu m'as manqué.

— Toi aussi, lui réponds-je dans un souffle.

Nous restons un moment ainsi, lovés l'un contre l'autre, dans le silence du lieu. Puis, délicatement, il me retourne afin que je puisse lui faire face. Ses yeux me dévorent et mes dernières résistances s'envolent. Il abaisse sa tête, son front rejoint le mien.

— C'est trop tôt ? me demande-t-il.

Je prends son visage entre mes mains, me hisse sur la pointe des pieds et pose mes lèvres sur les siennes. Avec toi, ce ne sera jamais trop tôt...

Étinc 'Elle.

Par Paul Andrews

Elle est la lumière,
Une étincelle qui brille
Dans le coin de mon cœur,
Elle est la couleur de l'amour
Qui m'illumine,… étinc'Elle.

Elle, c'est mon île, hirond'Elle,
Qui fait voler en éclat l'obscurité,
Lorsqu'elle passe proche du soleil,
À s'en brûler les ailes, mon Elle.

Elle est la lanterne, magie en sienne,
Qui mène la lumière sur le chemin boisé,
Promenant de son atmosphère, en charn'Elle
Mon Elle, tout en sens, m'ensorc'Elle.

Elle est mon aile des merveilles,
Mon île dans mon Il sans ombr'Elle
Une moitié d'Il et d'Elle
Elle et Il ne font qu'un bout d'entier
D'une entité bien ré'Elle.

Elle est la lumière, brillante
Comme une étoile, qui éclate
Dans mes yeux, tel un feu d'artifice
Loin d'être artifici'Elle, superfici'Elle,
… Ma douce étinc'Elle.

Positif

Par Isabelle Provost

28 Avril - 8h45 :

Positif ! Marie n'arrive pas à le croire... Positif !

— Je suis enceinte ! Je suis enceinte ! répète-t-elle, comme pour se convaincre de son nouvel état...

Elle n'entend plus la musique trop forte des voisins, le brouhaha de la rue... Une petite berceuse emplit sa tête, emplit son cœur, emplit sa vie.

Elle reste là, quelques secondes, assise sur son petit nuage pastel, enfin, plus exactement sur la cuvette des toilettes, à regarder ce trait réactif qui a viré au bleu sous le jet de son urine : le plus beau pipi matinal de son existence !

Elle se lève alors d'un bond, monte deux à deux les escaliers qui mènent à l'étage et s'arrête net dans l'embrasure de la porte de la chambre.

Jessy, les cheveux ébouriffés, s'étire et la regarde en souriant.

Tel un Monsieur Loyal présentant le clou du spectacle, elle se plante au pied du lit, retient un petit rire et le plus sérieusement possible, déclame :

— Jessy, j'ai l'honneur... enfin, nous avons l'honneur, rectifie-t-elle, de t'annoncer... que tu vas être PAPA !!

Sans lui laisser le temps de répondre, elle se jette sur les couvertures, lui tend le test de grossesse et l'embrasse longuement.

— Tu viens de m'offrir le plus beau des cadeaux, mon amour.

Il répond à ses baisers, il est tellement heureux, il l'aime tant. La vie a réalisé un miracle en mettant Marie sur son chemin. Elle vient aujourd'hui d'en réaliser un second. Il pensait cependant que le bonheur n'était pas pour lui. Que cela n'arriverait jamais. Et, pourtant, elle est là, devant lui, rayonnante, joyeuse, belle comme cette journée ensoleillée qui s'annonce et... elle porte son enfant.

3 mai - 11h00 :

Dans la salle d'attente du gynécologue, Marie feuillette machinalement les livres mis à la disposition des patientes sur la petite table basse en formica : des magazines et des revues médicales. Elle tourne nerveusement les pages lorsque la porte s'ouvre sur un homme trapu en blouse blanche :

— Mademoiselle Martin ?

Marie se lève et se dirige vers le cabinet, prête pour ce premier rendez-vous avec son enfant !

Elle entre dans le bureau du médecin. Sur les murs en tapisserie beige ont été accrochés deux grands tableaux représentant des paysages marins.

Une bibliothèque remplie de livres médicaux couvre un pan de mur et au centre de la pièce, trône une grande table en acajou, jonchée de dossiers et clichés échographiques. Le docteur Ourvy s'installe dans son fauteuil invitant Marie à en faire de même dans l'un des deux sièges type renaissance qui lui font face.

Marie s'assied, fébrile.

Le médecin ajuste ses lunettes, prend un dossier cartonné vide sur lequel il écrit le nom de la jeune femme.

— Alors, ma petite dame, qu'est-ce qui vous amène ?

— Je pense que je suis enceinte...

— Très bien... À quand remontent vos dernières règles ?

— Je ne sais plus précisément, j'ai eu des petits saignements, il y a 1 mois mais moins abondants que d'habitude...

— Avez-vous des règles régulières en temps normal ?

— Non.

— Bon, je vais vous examiner...

Marie passe alors dans une seconde salle jouxtant le bureau, une petite pièce plongée dans la pénombre où seul un écran d'ordinateur diffuse une lumière bleutée.

Marie se déshabille et s'installe sur la table d'examen.

Le médecin confirme la grossesse.

— Vous devriez être enceinte de huit semaines, mais nous allons dater précisément cette grossesse par une échographie. Ça vous dit de découvrir votre futur enfant ?

Marie, tellement émue, ne peut répondre et se contente de hocher la tête en souriant.

Le docteur Ourvy prépare son matériel, ajuste la sonde endo-cervicale et sur l'écran apparaît alors une sorte de sac dans lequel on distingue très nettement une espèce de petit têtard de la taille d'un haricot blanc.

Le médecin montre à Marie les petits bourgeons, ébauches des bras et des jambes et un petit point au centre qui bat régulièrement...

— Voici votre petit locataire ! Il est seul, bien implanté, il présente une activité cardiaque normale, il mesure 23 millimètres, ce qui correspond à un embryon de 9 semaines. Vous allez avoir un bien joli cadeau de Noël ! Regardez, il fait déjà quelques petits mouvements...

Marie regarde la vie de son enfant battre sous ses yeux embués de larmes. Elle a du mal à réaliser que ce petit être vit en elle... qu'il est là, logé au creux de son ventre... et que fin décembre, elle le tiendra dans ses bras...

La voix du gynécologue la sort de ses pensées.

— Bien, Mademoiselle Martin, vous pouvez vous rhabiller. Je vous propose de nous revoir à 12 semaines pour l'échographie obligatoire. Nous établirons alors la déclaration de grossesse. En attendant, je vais vous poser quelques questions et vous prescrire différents examens sanguins et urinaires.

Marie suit le médecin dans son bureau. Ce dernier reprend le dossier, y note les premiers éléments et interroge la jeune femme sur d'éventuels troubles fréquents en début de grossesse : nausées, fatigue, malaises, saignements, douleurs... Il lui pose également de nombreuses questions sur ses antécédents médicaux et chirurgicaux ainsi que sur ceux de sa famille et de son conjoint.

Mais tout va parfaitement bien. Marie ne fume pas, a une bonne hygiène de vie. À part une opération de l'appendicite à quatorze ans, elle ne fréquente pas souvent les médecins et les hôpitaux... Elle n'a pas notion de maladies chroniques ni chez ses parents et grands-parents ni dans la famille de son conjoint. Par ailleurs, elle ne ressent aucune gêne particulière si ce n'est une légère tension mammaire accompagnée d'une augmentation de volume de sa poitrine dont elle s'accommode plutôt bien et qui ravit Jessy !

3 Mai – 11h45 :

En sortant de chez le gynécologue, elle appelle justement Jessy. Il ne répond pas. Elle laisse un message sur le répondeur : « Tout va bien. Notre enfant est un véritable acrobate ! Je t'aime ! »

Elle regarde alors sa montre. Bientôt 11h50. Elle a rendez-vous à 13 heures avec sa mère pour déjeuner. En rejoignant la rue Pasteur où se situe la brasserie dans laquelle les deux femmes ont l'habitude de se retrouver chaque jeudi, Marie s'arrête devant la vitrine d'une boutique de layette :

« Au bonheur de Bébé ». Un adorable petit ensemble pour nouveau-né y est exposé. Elle imagine son futur bébé dans ce joli pyjama jaune pâle en velours, un lutin facétieux brodé sur le cœur et ses petits pieds dans ces minuscules chaussons assortis. Elle sait qu'elle a encore plusieurs mois pour effectuer ce genre d'achats et elle entend la voix de sa grand-mère menacer chaque femme enceinte de la famille : « il ne faut rien acheter trop tôt, cela porte malheur ! »

Mais où voir le malheur aujourd'hui ?

Le printemps s'est installé sur la ville, aux terrasses des cafés les amoureux roucoulent, Jessy l'aime, leur enfant fait ses premières cabrioles dans son ventre et cet ensemble est vraiment trop craquant pour ne pas céder à l'envie de l'acheter !

Quand elle arrive à la brasserie, sa mère l'attend en consultant la carte. En voyant arriver sa fille, elle se lève, l'embrasse, lui caresse les cheveux comme elle le fait depuis 23 ans et lui tend un paquet portant l'étiquette « Au bonheur de Bébé ». Marie l'ouvre et y découvre le même petit lutin sur une gigoteuse vert tendre.

Marie dépose alors sa grenouillette sur la table...

Le rire des deux femmes emplit la salle.

— Promis, on ne dira rien à Mamie !

4 mai – 7h00 :

Marie urine dans le petit pot de laboratoire et rejoint Jessy dans la cuisine où flotte une agréable odeur de café.

— Tu ne déjeunes pas ?

— Non, je dois être à jeun pour ma prise de sang, lui répond la jeune femme en attachant la lanière de sa sandale et en l'embrassant fougueusement...

— À ce soir, mon amour, je t'aime...

4 mai – 7h30 :

Marie, le bras tendu sur l'accoudoir du grand fauteuil noir où elle est installée regarde l'infirmière préparer les tubes pour les prélèvements en suivant l'ordonnance du médecin.

— Vous êtes prête ? Serrez le poing... Attention, je vous pique... ça va ? Voilà, c'est fini... Vos résultats seront directement envoyés à votre médecin. Au revoir, Mademoiselle Martin. Bonne journée.

Marie quitte le laboratoire et se précipite alors à la boulangerie du coin de la rue pour s'acheter un énorme croissant dans lequel elle croque avec gourmandise.

La rue commence à s'animer.

15 mai – 9h00 :

— Mademoiselle Martin ? Docteur Ourvy à l'appareil. Nous devions nous revoir le 26, mais j'ai eu vos résultats et j'aimerais avancer le rendez-vous. Pouvez-vous venir aujourd'hui ? 18h30 ?

— Heu, oui... Oui, bien sûr. Mais que se passe-t-il, docteur ?

— Je vous expliquerai tout cela ce soir... À tout à l'heure, Mademoiselle Martin...

Déjà, il a raccroché...

Elle, abasourdie, reste encore quelques secondes le combiné dans les mains...

Par réflexe, elle pose la main sur son ventre comme pour protéger son enfant devant la menace d'un danger.

Elle tente d'appeler Jessy. En vain. Il passe la semaine à Paris pour un salon organisé par son entreprise et n'est pas joignable dans la journée.

Sa mère n'est pas chez elle non plus et ne répond pas sur son portable !

Marie se sent subitement seule au monde. Perdue...

Elle s'efforce alors de se rappeler les différents examens prescrits par le médecin pour essayer de comprendre ce qui ne va pas. Pour se rassurer, elle lance des recherches sur Internet qui loin d'apaiser ses craintes, l'assaillent de doutes supplémentaires.

Elle éteint alors l'ordinateur, déplace machinalement un vase. Elle époussette un meuble, plie du linge... Elle tourne ainsi toute la matinée dans l'appartement s'occupant comme elle le peut pour ne pas laisser son cerveau divaguer mais ses pensées reviennent inexorablement à ce rendez-vous avancé...

À midi, elle réchauffe un reste de tajine de poulet au citron, mais la seule odeur du plat lui donne la nausée. Elle s'écroule en larmes sur le canapé, le regard fixé sur cette horloge qui égrène ses minutes au ralenti.

15 mai – 19h20 :

Positif ! Marie n'arrive pas à le croire... Positif !

« Non, ce n'est pas possible ! Il y a forcément une erreur dans les résultats. »

Elle a bien sûr entendu parler de tout ce que vient de lui expliquer le médecin. Elle regarde de temps en temps les émissions consacrées au Téléthon, au Sidaction et autres handicaps ou maladies congénitales. Comme la majorité des téléspectateurs, elle compatit, s'attriste, envoie parfois de l'argent. Mais comme toutes ces mêmes personnes, lorsqu'elle éteint le poste, elle reprend le cours de sa petite vie normale, car, tout le monde le sait, cela n'arrive qu'aux autres...

Elle n'est pas les autres ! Cela ne peut pas lui arriver. Pas à elle. Pas à son enfant. Pas à eux...

Seule au milieu de la rue, elle tente de se calmer, de se raisonner. Cela n'arrivera pas, ce n'est pas possible... Elle va retourner demain au laboratoire, on lui refera les prélèvements qui seront normaux. Oui, ils seront normaux. Elle va bien. Son enfant va bien. Cela n'arrivera pas...

Elle appelle alors Jessy pour qu'il la rassure. À cette heure-ci, il a dû rejoindre son hôtel. Elle a besoin d'entendre sa voix. Lorsqu'il est là, rien ne peut arriver de mauvais, rien...

En composant le numéro de son portable, elle ne peut cependant s'empêcher d'éclater en sanglots...

— Jessy ? C'est Marie... Je sors de chez le gynécologue et...

— Quoi Marie ? Qu'est-ce qu'il y a ? Pourquoi pleures-tu ? Que se passe-t-il ? Parle, Marie, parle... Je suis là... Je t'écoute...

— Jessy, il y a une erreur dans les prélèvements... La sérologie HIV est positive... Séropositive Jessy ! Ce n'est pas possible...

Mais au fur et à mesure que Marie parle, le passé de Jessy lui revient en pleine gueule.

Son adolescence tourmentée, ses années junkies...

Il sait alors que les tests ne sont pas erronés et qu'en même temps qu'il lui a permis de porter la vie, il lui a inoculé la mort.

Acrostiche sur la femme

Par Shalimare

Fruit d'une femme aussi mère, ma maman
Entre ses mains j'ai grandi parfois en pleurant
Mais elle trouvait souvent ces mots qui apaisaient
Mes maux d'amour, mes peines d'avoir aimé
Et après j'oubliais, mais jamais d'aimer cette mère

Femmes que l'on vénère
Et celles que l'on abhorre,
Mères que l'on considère,
Mamans que l'on ignore,
Être celles que l'on aime.

Rituel barbare

Par Estée R

— Suivez cette route, traversez le pont et vous y serez. Voyez c'n'est pas compliqué mam'selle.

Lexanne-Kheir secoua sa chevelure ondoyante et rendit son sourire au marchand qui venait de lui indiquer le chemin. L'elfe aimait être prise pour une jeune fille. Cela satisfaisait son égo, tout d'abord, mais représentait surtout un atout non négligeable en cas de conflit. Son apparence douce, fragile et inoffensive lui assurait une baisse de la garde de tout adversaire et sa victoire n'en était que plus éclatante.

Elle prit congé du bonhomme, un humain fatigué qui traînait sa charrette autant que sa carcasse sur le bas-côté de la route et accéléra le pas. Aller au ralenti n'était pas dans sa nature. Et puis, elle était pressée d'arriver. En route depuis le beau milieu de la nuit, elle ne s'était accordé qu'une courte pause avant le lever du soleil afin de se rafraîchir le visage et d'avaler un morceau de pain ainsi qu'une pomme.

Laisser Thurzâhl et les enfants endormis sur leur couche lui avait fendu le cœur, mais c'était sa mission. Elle seule avait les moyens de la mener à bien et elle ne voulait pas mêler les siens à ce rituel barbare. Elle leur avait laissé un mot, promettant de revenir au plus vite, et les assurant de son amour éternel, elle avait vérifié le garde-manger puis était partie, sans se retourner.

Farouche et déterminée.

Sous le couvert des deux lunes, il lui avait fallu trouver la bonne direction à prendre : première étape de ce rite ancestral. À elle de se débrouiller avec les indices laissés sur les chemins, dans le ciel et au hasard de ses rencontres.

Devant elle se dessinait son univers. L'horizon irrégulier séparait comme toujours le monde terrestre du monde des cieux. En bas, cela allait d'un camaïeu de vert à un brun soutenu mêlé au gris de quelques montagnes éloignées et en haut tout n'était que teintes bleutées qui se perdaient dans un entrelacs de nuages pourpres, moucheté de violet. Au-delà des cumulus, la petite lune en ce solstice d'hiver se trouvait sur l'axe de la grande lune et donnait à l'aurore cette lumière mystique si caractéristique et spirituelle. Lexanne se rappelait avec un brin de nostalgie sa formation d'Elfe Mage, quand, encore adolescente, elle se préparait à une vie de secrets, d'envoûtements et de mystères et qu'elle attendait cette période avec fébrilité.

À présent que le jour avait fait fuir la nuit et ses ombres inquiétantes, la route était agréable. Le soleil réparateur réchauffait sa peau de nacre. Tout était silencieux autour d'elle. Nulle menace alentour. Elle pouvait se laisser aller à rêvasser à sa vie. Elle faisait partie d'une haute lignée d'elfes de lumière, mais vivait en recluse depuis ses noces avec Thurzâhl, un elfe sylvain. Pour lui, elle avait renoncé à sa destinée et aux rêves de gloire qu'avaient conçus pour elle ses parents. Sa vie, aujourd'hui, était agréable quoique très simple. Mais elle s'en accommodait fort bien. Loin du protocole et de la politique, elle se sentait véritablement libre. Il n'y avait que lorsqu'elle était contrainte de reprendre la route pour rejoindre l'une des grandes villes du royaume de Kadjie, que ses origines nobles et ses devoirs se rappelaient à elle. Elle devait alors se résoudre à revêtir sa tunique de satin évanescent, passer dans ses cheveux cuivrés le diadème sacré d'Eldwyne et orner son cou du torque serti d'ambre, symboles de sa famille. Cela arrivait deux fois l'an. Chaque fois le lieu des hostilités changeait et les appelés devaient se débrouiller pour trouver leur destination, se perdant parfois en chemin.

Mais arriver à destination ne garantissait pas la réussite. Le plus dur était toujours à venir. Lexanne-Kheir triomphait, mais chaque fois elle en revenait plus abattue que précédemment. L'année prochaine, elle devrait emmener Tiarha pour la première fois et cela l'angoissait. Sa fille avait l'âge, elle ne pourrait repousser plus loin son initiation.

L'elfe remonta son sac sur l'épaule gauche et tâta le pommeau de son épée. Elle soupira. Il lui fallait un nouvel arc. Le sien, qui tressautait au rythme de ses pas sur l'épaule droite avait fait son temps. Il fallait aussi de nouveaux vêtements aux petits, et une robe de satin pour Tiarha qui ferait bientôt son entrée dans le monde. Thurzâhl quant à lui avait besoin d'outils. Tant de considérations matérielles ! À une époque, ils avaient assez de voisins pour échanger avec eux leurs trouvailles et leurs savoir-faire. Mais la population dans la forêt de Holtzius s'était raréfiée au fil des ans. Aujourd'hui, s'équiper relevait du défi !

La route qu'elle suivait depuis quelques heures commença à s'élargir. La jeune femme redescendit sur terre et se tint sur ses gardes. Elle approchait. Et les ennuis également. Lexanne vérifia sa bourse à la ceinture et tendit l'oreille. Un groupe était en approche. Elle pouvait sentir le sol gronder sous les sabots de plusieurs montures et distinguait déjà les robes qui flottaient au vent : pourpre, or, et argent de lune. Des elfes, comme elle, issues certainement de quelque grande lignée de Kadjie. Elle décida de ne rien tenter de stupide. Elles étaient quatre ou cinq, sans escorte, et piaillaient à qui mieux-mieux sans aucune gêne. Soit elles étaient complètement idiotes, soit elles étaient assez puissantes pour ne pas craindre de se faire attaquer. Lexanne pressa le pas. Autant arriver avant celles-là. Le fait d'être parmi les premières pouvait être décisif dans la réussite de sa mission.

Sa course était régulière et soutenue. Les cavalières, qui n'avaient pas l'air de comprendre l'enjeu, furent distancées rapidement. Bientôt, Lex fut obligée de ralentir. Un autre convoi, de naines celui-là, barrait le chemin caillouteux. Elles étaient trois, accompagnées d'un nain affublé d'une barbe rousse qui lui chatouillait les genoux, ainsi que d'une hache émoussée. Leurs mines ne présageaient rien de bon. Ils ne se laisseraient pas dépasser facilement. Lexanne-Kheir étudia ses options : les suivre la mettrait en position de faiblesse, se joindre à eux était hors de question et les dépasser l'obligerait à combattre. Elle décida de tenter la diplomatie. Et se présenta à la troupe.

— Que l'astre du jour vous réchauffe et vous protège ! commença-t-elle selon la formule consacrée.

— Que les astres de nuit t'apportent repos et quiétude, lui répondit la naine qui semblait la plus âgée, la voix rauque et peu amène. À qui avons-nous l'honneur ?

— Je me nomme Lexanne-Kheir, fille de Karilia-Kheir et petite fille de Kheir-Eldwyne. Épouse de Thurzâhl, fils de Thargân et petit fils de Gâlahadras. Je viens de la contrée de Fingnias. Et toi ?

— Nina de Nios, des montagnes attenantes à Fingnias. Nous sommes donc voisines. Voici mes amies : Mayal et Litual ainsi que mon époux Nox. Où te rends-tu donc Lexanne-Kheir épouse de Thurzâhl ?

— Je suis la route et je dois traverser le pont.

— C'est ce que je redoutais.

Le ton froid se fit soudain glacial. Le semblant de civilité qui s'était instauré entre les deux femmes vola en éclat. Mais Lexanne-Kheir éclata finalement de rire.

Nina de Nios avait les cheveux revêches. Bien que savamment tressés et cerclés de métal au-dessous des oreilles, un coup de brosse, voire une bonne coupe, aurait été bienvenu aux yeux de l'elfe, mais il est vrai que les nains avaient des valeurs bien différentes en ce qui concernait la beauté. Sa tenue, comme celle de ses compagnes, n'était pas de première jeunesse, pas plus que ne l'étaient le casque cabossé, le bouclier terni et la hache de son acariâtre mari. De sa botte en cuir dépassait un orteil rougeaud d'où pendouillait un ongle jaune. Sa robe de lin était, quant à elle, trouée aux coudes et raccommodée grossièrement.

— Allons, Nina de Nios. Je ne te ferai pas l'affront de te demander de t'allier à moi. Cependant, nous pourrions faire de grandes choses ensemble.

— Hum… C'est vrai que nous ne jouons pas dans la même catégorie ! marmonna la naine en toisant Lexanne des pieds à la tête. Mais tu pourrais aussi bien servir mes desseins que me tirer dans le dos.

— Les elfes de lumière ne sont pas réputés pour revenir sur leur parole, Nina de Nios.

— Sauf pendant la « quinzaine » Lexanne Kheir de Fingnias, il n'y a plus aucune règle qui compte, et certainement pas la loyauté.

— Dans ce cas, je te dis bonne chance et je reprends ma route. Que la bonne fortune soit avec toi. Et que tes amis ne te tirent pas dans le dos.

L'elfe fit un écart et tenta de passer le barrage de façon désinvolte. Aussitôt, les deux jeunes femmes et le mari de Nina firent bloc. Elle était prise entre deux fronts. Nina derrière elle avait dégainé une épée courte.

Lexanne souffla. Elle ne devait pas déchirer sa tunique dans la bagarre. Pas encore… D'un saut agile, elle se plaça en position de défense sans sortir son épée et toisa ses adversaires un sourire narquois aux lèvres. Cela faisait longtemps qu'elle n'avait pas eu recours à ce genre de pratique, mais la naine lui avait bien dit : lors de la quinzaine, il n'y avait pas de coup trop bas ! Elle ne leur voulait pas de mal, elle ne désirait que passer et accéder enfin au pont.

Le sort de désorientation les toucha de plein fouet et ils se retrouvèrent, cul par-dessus-tête, hébétés et confus. Celui-là, ils ne l'avaient pas vu venir. Les elfes n'usaient presque plus de la magie. Plus le monde se modernisait et plus les anciennes pratiques s'éteignaient.

Lexanne-Kheir reprit son chemin en sifflotant. Elle n'avait pas perdu beaucoup de temps. Bientôt elle arriverait à la passerelle. Déjà elle pouvait imaginer l'excitation dans l'air et le grondement sourd de ses futurs adversaires. C'était chaque fois la même chose : pour accéder à la ville, il fallait d'abord traverser le pont et montrer « patte blanche ». C'était la dernière étape avant le début des hostilités. Une année, elle avait failli ne pas arriver de l'autre côté. Une guerrière humaine monstrueuse l'avait prise par surprise et balancée par-dessus le parapet. Elle n'avait dû son salut qu'à la chance d'être une excellente nageuse et elle avait traversé le fleuve à grandes brassées, gagnant par ce biais un temps précieux. Cela dit, elle ne s'était plus laissée surprendre, et avait repris la manœuvre de la guerrière à son compte, envoyant régulièrement quelques potentielles concurrentes saluer les tritons.

La jeune femme avala une grande goulée d'air pur et soupira. C'était la partie la plus escarpée du voyage. La sylve avait cédé petit à petit le pas à la roche et d'espiègles cailloux, branches mortes ou ornières venaient, comme à plaisir se caler sous ses pieds. Et puis ça montait maintenant franchement. Elle n'était pas vêtue pour l'escalade, mais ses chaussons de mousseline étaient conçus pour son confort comme pour sa stabilité. Elle arriva au sommet sans même un ongle cassé. On avait la classe ou on ne l'avait pas. Et chez elle, le charme exsudait par tous les pores de sa peau.

Le vent s'était levé à mesure qu'elle prenait de la hauteur. Bientôt viendrait l'épreuve fatidique du pont. Les histoires les plus étranges, cocasses, voire les plus épouvantables circulaient à son sujet, et le scribe Biltuït avait fait fortune en narrant les différents déboires rapportés par les rescapés de cette passerelle magique infernale. Lexanne ne fut donc pas surprise de le trouver vide, misérable et branlant. Très peu accueillant en somme. Soudain ce fut comme si la nuit avait fondu sur elle et un brouillard bleuté l'enveloppa de son manteau spectral. L'astre du jour avait laissé un vide dans l'immensité. Les deux lunes ne parvenaient pas non plus à percer le rideau de brume opaque. Lexanne sentit le froid lui glacer les os, puis ses yeux s'habituant à la pénombre, elle distingua les cordes élimées, les lattes vermoulues, et puis au-dessus de l'aven les corbeaux et autres carnassiers qui tournoyaient en attente d'un festin. Émergeant du néant, les toits en ogives de Bellagrasse de Kadjie apparurent à leur tour, flanqués des fanions des plus puissantes familles de la ville. Elle atteignait son but. Il n'y avait plus qu'à traverser...

Aveugle, elle posa le pied sur la première lame de bois et entama la périlleuse traversée. Une angoisse la prit aussitôt à la gorge. C'était une sensation de grouillement, comme si elle avait des milliers de spectres à ses trousses. Manifestement, cela se bousculait sur les lattes et le bois craquait sous les piétinements les plus divers. Elle aurait pu renoncer. Elle percevait quelques pas qui allaient dans la direction opposée. Mais elle tint bon et, finalement, sentit l'herbe grasse sous ses pieds. Alors, le jour reprit ses droits. Tout cela n'était qu'une illusion.

Lexanne-Kheir observa la marée mouvante. Comme d'habitude, il y avait foule. Des femmes essentiellement : elfes, humaines, naines, jeunes, vieilles, grandes, grosses, belles, laides, riches ou pauvres, mais aussi des hommes bien qu'en minorité et l'air terrorisé.

— Suivez cette route, traversez le pont et vous y serez…

Quelle blague ! Une fois dans la place ce serait une autre affaire.

Lexanne avançait avec des pieds de plomb. Un gros marchand de Génobye venait carrément de lui passer dessus. À ce stade, perdre une place n'était plus important. Elle sortit sa convocation et la présenta au garde patibulaire qui gérait tant bien que mal le flot des prétendants. Dire qu'elle était invitée à participer à cette débauche ! Et elle y allait chaque fois ! Quelle espèce de malédiction pouvait la pousser toujours plus avant dans cet univers qu'elle exécrait au plus profond d'elle-même ? Mais c'était sa mission, elle devait ça à sa famille. Ils comptaient sur elle.

— Votre convocation, demanda l'elfe à la chevelure de lune. Lexanne-Kheir de Fingnias, c'est bon, vous pouvez passer… Une seconde derrière, chacun son tour.

Elle lâcha un soupir de soulagement malgré elle. Dans son dos, la cohue se fit plus pressante et elle fut projetée en avant par une horde de gobelines en goguette. Le garde dépassé se ramassa sur lui-même pour éviter d'être piétiné et Lexanne se mit à courir. Le sentier était étroit et touffu. La ville encore à moitié cachée par d'épais taillis de ronces allait bientôt apparaitre. Une clameur enthousiaste lui parvint avant qu'elle ne distingue les premières maisons. Encore un effort et elle déboucha sur un terre-plein qui surplombait de peu la ville. L'air était pur, le ciel d'un bleu éclatant, les couleurs en contrebas lui sautèrent aux yeux. Il y avait déjà de l'animation. Bientôt, elle fut de nouveau bousculée et se décida à entrer dans la course. Elle tâta sa bourse une dernière fois, releva le bas de sa robe et s'élança vers le centre.

— Laissez-moi passer !

— Moi d'abord !

— Je l'ai vu la première !

De tous côtés, c'était l'hystérie. Résignée, Lexanne-Kheir passa sous la banderole à l'entrée de la grand-rue qui annonçait :

« Bienvenue à la grande quinzaine des soldes d'hiver ! »

— C'est parti ! murmura l'elfe plus déterminée que jamais.

Il faut vivre la vie pour pouvoir dire la regretter

Par Émilie Morel

On sourit, on rit, même si parfois ce n'est qu'une façade,
Pour cacher une crainte, une peur, un besoin, un rêve, un désir inavoué.
On se sent incompris, on croit que personne ne ressentira notre mal-être,
Mais parfois, une personne sensible, humble et sincère vous montrera la
bonne voie.

La voie qui vous permettra de résister, la voie qui vous éclairera dans
votre obscurité.
La vraie réalité, celle que vous ne vouliez pas envisager.
Maintenant que vous avez les cartes en main,
Il faut vous en servir et mener votre jeu à bien.

Vous pouvez continuer à vous faire aider,
Si vous sentez que c'est encore au-dessus de vos forces,
Comme vous pouvez également aller de vous-même
Affronter tout ce qui vous provoque cela.

Rien n'est impossible, il faut croire en vous, croire en la vie,
Même si elle ne vous a pas toujours fait de cadeau.
Il faut combattre vos peurs, elles vous aideront à survivre.
Il est important que vous les connaissiez,
Ainsi, quand vous les aurez trouvées, chassées et qu'elles reviendront,
Vous n'aurez plus aussi peur, voire même plus du tout.

Et pour finir, il faut vivre la vie pour dire la regretter et il faut essayer
d'aller jusqu'au bout de soi-même pour ne pas regretter de la perdre.

Couverture réalisée par Virginie Wernert

Impression et brochage effectués sur presse par lulu.com
Achevé d'imprimer en octobre 2013

N° éditeur : 917089-36540
Dépôt légal : octobre 2013

4679318R00084

Printed in Great Britain
by Amazon.co.uk, Ltd.,
Marston Gate.